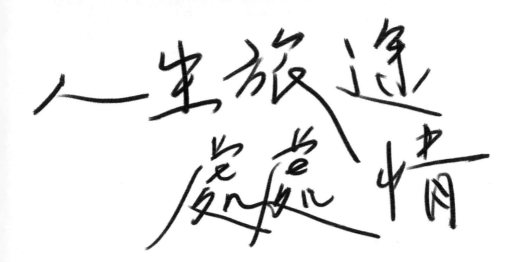

人生旅途處處情

悠 彩 ——

著

目次

文學之旅

人生旅途處處情　008

聞香識壺話宜興　017

香江秋月照七洲　020

著名作永施叔青　024

斯坦貝克的故居　034

人生之旅

火車站裡的鋼琴　048

莎蕾氏糖果遊記　050

讀書萬卷依然少　054

喜事糖果店求職　058

吃麥當勞的老趙　061

情感之旅

寫給那遠方的鴻　068

那一件藍布大褂　073

家有一對小情人　079

隔壁家的老外婆　084

一品香珍珠奶茶　089

親情之旅

感恩有孩子陪伴　096

母親對我的嘮叨　099

母親的桐油雨傘　101

不能夠沒有香火　107

悠然樂居愛滿屯　110

友好之旅

媽媽們的下午茶　120

硅谷太太的果園　123

美國的警察印象　126

食在小國比利茲　131

風情的台灣寶島　139

山水之旅

亞龍灣人間天堂　154

海南島美食之戀　161

黎村的中秋望月　170

新疆品饢的味道　175

風雪中飛翔雄鷹　180

去看看圖瓦人家　186

五彩灘到布爾津　190

蒙古包裡的美味　196

戀戀難忘木木鄉　201

回望之旅

美華文學十八載　206

文學之旅

人生旅途處處情

　　春末初夏的中國四川，山川秀麗，江河涓流，和風細雨，繁花盛開。北美華文作家協會的文友們相約成都，開始了一場充滿歷史人文學習的「川蜀文化之旅」。

　　享有「天府之國」美譽的四川，悠久的歷史可以追溯到200萬年以前，因此文友們川蜀文化之旅的首站就選擇了廣漢三星堆文化遺址。考古學家們在這裡發現了密集的古代人類居址，還有大量打磨光亮的石質生產工具、陶器、動物遺骸，以及做工精美的工藝品，這些古代文物的發現，充分表明川蜀地區在那個時候就已經進入了新石器的全盛時期。原始形態的刻劃文字和青銅器的完美工藝，讓人們看到了一個古文明城市的繁榮和進步，而這一時期與歷史文獻記載的「三代蜀王」角逐爭雄相符合，這便應該是人們所理解的早期蜀王國。

　　中國唐朝詩人李白，字太白，號青蓮居士，劍南道綿州昌隆縣（今四川省江油）人，文友們踏著清晨含露的陽光，來到了四川省江油市的青蓮國際詩歌小鎮，踏訪了李白故居院落中的故宅隴西院、祭祀詩仙的太白祠、聳立在天寶山巔的太白樓、太白碑林、辭親遠遊」的漫坡古渡。李白自四歲開始接受啟蒙教育，一生創作大量的詩歌，他的書法更是令文友們追捧不已。筆法超放，猶如遊龍翔鳳，迅如奔雷，疾如掣電，飛舞自得。文友們駐

足不前,流連在太白碑林,忘記了時間的飛逝,直到暮色黃昏,才疾步前去與綿陽市作家文聯和作家協會的領導和會員們座談。

劍門關,位于廣元市劍閣縣城北30公里處,居于大劍山中斷處,兩旁斷崖峭壁,直入雲霄,峰巒倚天似劍;絕崖斷離,兩壁似門,故稱「劍門」。因唐代大詩人李白《蜀道難》中「劍閣崢嶸而崔嵬,一夫當關,萬夫莫開」的讚譽,而名揚海內外,有「天下第一雄關」之稱。

文友們上午的行程是翠雲廊,古稱劍門蜀道,有古柏12351株。清朝劍州知州喬缽,在他的一首詩中寫道:「劍門路,崎嶇凹凸石頭路。兩行古柏植何人?三白里程十萬樹。翠雲廊,蒼煙護,苔花蔭雨濕衣裳,回柯垂葉涼風度。無石不可眠,處處堪留句。龍蛇蜿蜒山纏石,傳是昔年李門太,奇人怪事扨人妒。休稱蜀道難,莫錯劍門路。」為著這詩歌裡迷人的景緻,文友們忘記了下午的劍門關行程,直到太陽西下,文友們才踏著夕陽的餘輝來到了劍門關。斷岩絕壁、峰巒疊嶂、溝深谷狹、山濤雲海。大自然的神工雕琢,實在令人歎服不已。

燈火初明之時,文友們興高采烈地前往廣元市中心,與作家協會主席趙天秀,秘書長王尚敏,副主席何華安、鄧德舜等文學界朋友相聚。廣元市作家協會主辦的《劍門關》文學雜志,是廣元文學創作的主陣地,文友們很開心能夠獲得《劍門關》主編贈閱的雜誌,學習和欣賞到廣元作家的優秀文學作品。

追隨著民間廣為流傳的夏禹治水故事,文友們參觀了川西高原岷山地區和川東重慶地區治水最得力的工程都江堰。大約公元前256年至251年修建的都江堰,是由戰國時秦國蜀郡太守李冰及其

四川李白公園

廣元

子主持，為目前留存年代最久遠；以無壩引水為特徵的偉大水利工程，經過了歷朝歷代的多次整修，兩千多年來依然在治水方面發揮著巨大的作用。整個都江堰樞紐可分為堰首和灌溉水網兩大系統，其中堰首包括魚嘴（分水工程）、飛沙堰（溢洪排沙工程）、寶瓶口（引水工程）三大主體工程，此外還有內外金剛堤、人字堤及其他附屬建築。都江堰工程以引水灌溉為主，兼有防洪排沙、水運、城市供水等綜合效用。2008年5月12日，發生在四川地區的8級汶川大地震，都江堰水利工程經受住了地震的考驗，基本沒有發現嚴重受損跡象。因為其設計具有相當的防震性，魚嘴、寶瓶口、飛沙堰這幾處重要設施也無大礙。但是二王廟古建築群、秦堰樓等因強震受損，二王廟除大殿和二殿部分建築結構保留外，其餘均被震垮，重新開放還要等上一段時間。最讓文友們欣喜的是，這次都江堰景區參觀，我們非常榮幸地得到了《都江堰文學》執行主編，都江堰

都江堰

作家協會名譽主席王國平先生的親自接待，並且熱情地為北美華文作家協會的文友們對都江堰工程做了專業而詳實的解說。文友們聽得非常認真，不時豎起大拇指誇讚。

王國平先生也是「南懷瑾的最後100天」一書的作者，此書曾榮登2014年北京書市銷量榜首。這位「國學大師南懷瑾先生生前唯一指定的傳記作家」，學識極為淵博，我們此行有他擔任導覽，收穫異常豐富。次日，王國平先生還親自陪同文友們前往中國道教發源地之一的青城山，相約了青城山道長一起品茶談道。據道長介紹，青城山有陰陽36峰，諸峰崖陡壁銳，山上四季青翠，眾峰呈環狀相抱，狀若四方城廓，故名青城。

蘇軾，號東坡居士，眉州眉山（今四川眉山縣）人，北宋文豪。與父親蘇洵、弟蘇轍合稱「三蘇」，父子三人，同時名列唐宋古文八大家。蘇洵出生於眉山城西南隅之紗縠行，蘇洵之子蘇軾、蘇轍也生於此。三蘇父子以其卓越的文學創造才能，輝煌的文學寫作成就，而享譽中外，三蘇父子以文來關心國家命運，同情民間疾苦，同時也立身操守，為人處世光明磊落，影響了世世代代無數熱愛文學的人們寫作思想。

在四川眉山市作家協會常務副主席劉川眉先生親切的陪同下，文友們興致勃勃地來到眉山，參觀了位於眉山市中心城區的三蘇祠和三蘇紀念館，聆聽了四川省優秀解說員李曉蘋女士「聲情並茂」的三蘇生平講解，非常感人。

眉山市作家協會主席王影聰先生，以及眉山市作家協會多位領導的和會員們，與北美華文作家協會的文友們，進行了熱烈的文學研討，王影聰先生以親切的說唱和吟誦方式，為海外作家

青城山

們介紹了三蘇父子的文學成就和眉山市作家協會豐富的文學創作活動。文友們還榮幸地獲得了王影聰先生的近作《蘇東坡情懷人生》，以及劉川眉先生的優秀作品《品中國神童》。

　　中國的四大古城是指：四川閬中古城、雲南麗江古城、山西平遙古城、和安徽徽州古城。閬中古城，戰國時曾為巴國最後一個首都。到了四川，文友們當然是不能夠錯過這個被譽為四川最大的「風水古城」，「巴國蜀國要衝之地」、「天下第一江山」、「世界千年古縣」的「閬苑仙境」。

四川眉山

閬中

　　到達閬中古城的城門時，閬中市的相關領導已經在古城的城門等待文友們，大家一起步入城門，一邊欣賞古城保存完好的優雅古韻，一邊開懷暢談文學界對古城的迷戀風情，聽說作家協會在閬中古城建立了寫作基地，要把這古城裡的川北民俗文化風情，淋漓盡致地，完滿不漏地展現到全世界。

　　結束「川蜀文化之旅」的前一天晚上，文友們受到四川友協相關領導的熱情接待，也非常有幸見拜會了當代著名作家，茅盾文學獎獲獎者，四川省作協主席，風靡大江南北的作品《塵埃落定》作者阿來先生。

　　人生是一段快樂的旅途，而旅途也是一段美好的人生。北美華文作家協會的「川蜀文化之旅」，一路走過來，讓文友們感覺到川蜀處處是美景，而一路所遇到的四川各地區文學友人們，更讓海外文友們感覺到溫暖無比，真可謂：人生旅途處處情！

綿陽

聞香識壺話宜興

　　金秋時節，江南水鄉美如畫，北美華文作家協會的文友們，踏著遍地金色，走進了如畫的江南。

　　說到江南，不得不說宜興。說到宜興，則不得不說宜興的紫砂茶壺。在趙峻邁會長的策畫和陳玉琳大姐的聯絡之下，宜興作家協會安排了北美華文作家協會文友們來到宜興方圓紫砂工藝有限公司參觀。

　　寬敞的接待人廳裏，飄浮著沁人肺腑的茶香。公司負責人唐磊先生與夫人親自接待文友們，一壺清茶，一臉微笑，一手嫻熟又帥氣的沖茶藝術，讓文友們倍感親切。聞名世界的方圓牌宜興紫砂陶具，就產自于唐磊領導的宜興方圓紫砂工藝有限公司。

　　文友們圍坐在一個超大的茶桌前，一邊品茶，一邊專心聆聽唐磊介紹他的公司與該公司紫砂茶壺之特色。

　　方圓紫砂工藝有限公司的前身是江蘇省宜興紫砂工藝廠，始建于一九五四年，而紫砂壺的起源則可以上溯到春秋時代的越國，紫砂壺的泥原料為紫泥、綠泥和紅泥三種，俗稱「富貴土」。靠山吃山，靠土吃土，宜興紫泥，千百年來造就了許多制壺的能工巧匠。相傳紫砂壺的創始人是明代正德──嘉靖時期的龔春（供春），「余從祖拳石公讀書南山，攜一童子名供春，見土人以泥為缸，即澄其泥以為壺，極古秀可愛，所謂供春壺

也。」（吳梅鼎：《陽羨瓷壺賦·序》）。此後，一提起紫砂壺，人們就會聯想到宜興供春壺，明代正德供春壺已不多見，當代宜興紫砂壺大師顧景舟先生曾經仿制此壺，精工細雕，樸實雅致，深得紫砂茶壺愛好者和收藏家們的喜愛。

　　人們為何追捧紫砂壺為「世間茶具之首」呢？紫砂壺又為何是沏茶的理想用具呢？原來紫泥含有人體可以吸收的某些礦物質，深藏于岩石層下，礦物成分主要為水雲母，以及少量的高嶺岩、石英、雲母屑和鐵。紫砂泥可塑性好，生坯強度高，坯的幹燥、燒成收縮率小，也就是說不容易變形。燒成後的紫砂壺，保溫性和透氣性都非常理想。用幾種泥料配比混合，加適度的金屬氧化物著色劑，控制窯內的溫度，不上釉的紫砂壺燒成後，五光十色，勝似上釉，豐富多彩。如朱砂紫、榴皮、豆青、海棠紅、閃色等等，皆是自然原色，質樸渾厚，典雅可愛。中華民族的飲茶風氣盛行，這也是紫砂壺如此受世人喜愛的緣由吧！

　　聞香識壺話宜興，有了宜興的紫砂茶壺，豈能夠不提到宜興的茶葉？江蘇宜興，古稱陽羨，青山逶迤，綠帶縈繞，四季分明，溫和濕潤，雨量充沛。南部丘陵山區以黃棕壤、紅壤為主，適宜茶樹種植。唐磊先生為文友們沖泡的正是清香四溢的陽羨茶，陽羨茶產於宜興的唐貢山、離墨山、茗嶺等地以湯清、芳香、味醇而享譽全國。明代周高起在《洞山岕茶系》中讚美道：「淡黃不綠，葉莖淡白而厚，制成梗極少，入湯色柔白如玉露，味甘，芳香藏味中，空深永，啜之愈出，致在有無之外」。

　　唐代詩人盧仝曾作詩道：「聞道新年入山裏，蟄蟲驚動春風起。天子須嘗陽羨茶，百草不敢先開花。」自古文人愛茶，品茶

的時候少不了要詠茶，宋代大詩人蘇東坡在宜興「買田陽羨吾將老，從初只為溪山好」。北宋著名現實主義詩人梅堯臣的「小石冷泉留早味，紫泥新品泛春華」名句堪稱千古絕唱。

同行的作家協會副會長施叔青教授，是台灣著名女作家，曾經多次尋訪宜興，品鑒紫砂茶壺之春華。她在散文《紫泥新品泛春華》一文中寫到：「離開故鄉轉眼四十一年了，浪迹天涯的遊子方知思鄉是一種什麼樣的滋味，客居他鄉的過客才更懂得懷戀故土是一種什麼樣的情感。親不親，故鄉人；美不美，家鄉水。無論在何種場合，每回聽到宜興的鄉音，倍感親切；每次碰上宜興同鄉，如同意外撞見親人。水流萬里離不開源，樹高千尺忘不了根。故土不只是生我養我的血地，也是賦予我靈感和才智的源泉。我該回報她什麼呢？我想最好的回報，還是能在她這張名片上添上最新最美的文字……」。

在宜興方圓紫砂工藝有限公司唐磊先生和夫人的熱情相送下，文友們意猶未盡，眷眷不捨地道別了他們的盛情接待，唐夫人為每位文友贈送了一份紫砂小手禮。千里故鄉之行，滿載溫情而歸，最好的回報，就是為「宜興方圓紫砂」添上最新最美的文字……

香江秋月照七洲

　　在香江秋月的亮麗照耀之下，世界華文作家協會的文友們，從海外的歐洲，非洲，北美洲，中美洲，南美洲，大洋洲，以及亞洲等七洲會聚香江，第十屆世界華文作家大會，於二零一六年十月二十三日晚上，在香港龍堡國際酒店的胡應湘宴會廳隆重舉行。

　　首先，世界華文作家協會新任會長李輝向大會致開幕辭，簡短扼要的幾分鍾致辭博得了全場文友和工作人員的熱烈掌聲。中華文化五千年曆史源遠流長，海外作者們用華文文字承載著曆史的豐盛，書寫著世界各地華人的悲歡離合，堅持不懈地在七大洲傳承和弘揚著中華傳統文化，為中華文化事業作出了很大的貢獻。

　　隨後，世界華文作家協會秘書長符兆祥和世界華文作家協會新任會長李輝進行了新會長上任交接儀式，宣佈了大會的宗旨是：團結中華民族，弘揚中華文化。第十屆世界華文作家大會的主是：健康與養生。通過本屆年會，喚起全球華人關注中華醫藥國粹寶典，推廣中藥保健理念。自古以來，中國人最講究「養生」，如果沒有健康的身體，一切的人生目標都無法達到。

　　第十屆世界華文作家大會的贊助機構，「保和堂」中國有限公司，就是中華傳統中藥「四大懷藥」的開發和生產者。

　　第十屆世界華文作家大會還特別邀請到了臺灣著名的作家施叔青教授，和臺灣文壇和報界大腕季季女士出席。在第十屆世界

華文作家大會上，來自七大洲的會長們，分別上臺作了年度文學創作和社團活動的工作彙報。

1981年，亞洲華文作家協會在臺北成立，現任會長孫德安感慨地說，35年的文學曆程，讓華文文學隨著移民薪火相傳。他呼籲大家，文學的道路，再難也要堅持，再好也要淡漠，再差也要自信，再多也要節省，再冷也要熱情。

1991年，北美洲作家協會在紐約的華僑文教中心成立，以此來加強華文作家之間的聯系，交流和分享寫作心得，抒發自己充滿思鄉的情懷，激勵華人進取和開拓的勇氣。現任會長吳宗錦向文友們介紹了近期的北美洲作家協會活動，以及對今後文學活動的展望。南美洲華文作家協會會長林美君，向文友們展示了南美洲豐富的文學活動，更向文友們推介了中國現代「閃小說」的創作理念和創作感想。

1991年，歐洲華文作家協會在法國巴黎成立，現任會長郭鳳西驕傲地向大會推介了歐洲華文作家們豐碩的文學出版作品。1998年，非洲華文作家協會在南非成立，2002年舉行了第一次會員大會。現任會長申清芬直言，海外華人遠離祖國，在文學理論上比不過中國內地作家，但是在弘揚中華文化上貢獻斐然。大洋洲華文作家協會現任會長冼錦燕表示，中華文化博大精深，是文明的巨殿，也是世界文化中最久遠、最燦爛、最有動力、生生不息、綿延不絕的動脈。身為中華兒女、處於21世紀的今天，華人同胞雖分處於世界各地，在不同的國家從事不同的工作，但我們的血液、膚色、我們的語言、文字、我們對生活、生命的態度與認知、仍然緊扣中華文化動脈。

　　1997年，大洋洲華文作家協會在澳洲墨爾本成立，大洋洲包括的國家有澳洲，紐西蘭，美屬薩摩亞，索羅門群島等國家和地區。

　　三天的第十屆世界華文作家大會上，文友們積極探討文學與健康主題，互相學習養生經驗，聽取了中國權威的中醫中藥專家講課，還分組研究和座談了健康和養生心得。

　　會議結束之後，「保和堂」中國有限公司的領導們，熱情地邀請文友們前往「保和堂」中國有限公司種植和生產基地參觀。冒著中原大地河南焦作秋季裏最美好的大雨，在公司領導們的親自陪同下，文友們興高采烈地撐著七彩豔麗的花雨傘，在「滿城盡帶黃金甲」的中國傳統藥材「懷菊花」，以及「懷山藥」、「懷地黃」、「懷牛膝」種植基地觀賞和拍照留念。「保和堂」中國有限公司的領導李輝說，「感謝各位此行對保和堂的參觀指導，晚上大家的坐談讓我真正的感到各位朋友對中草藥的種值、加工、生產、過程中我們所作的努力、貢獻給予的肯定。對保和堂公司的理念、文化給予了充分的理解與尊重，同時感到海外的文學人，作家，新聞媒體人對我們公司傳承中華幾千年的中藥文化精神的理解與支持。也感謝各位回去各自的海外多多報導在中國大陸有那麼一個公司，有那麼一些人，他們真的是在做良心中草藥，並同時盡最大的努力帶動藥農致富，同時為健康、為人們透過保和堂對中草藥的努力體會中華文化的傳承，發展。體會中華文化對人類健康，養生，保健所貢獻的一份理念。」

　　隨著社會的不斷進步和繁榮，隨著經濟發展的現代化和快速化，大眾對健康和養生越來越重視，文友們的筆墨也會更多地灑向健康和養生的主題。健康和養生，除了傳統中藥和飲食的調

養，更離不開健身運動，還有修身養性的心理調養。

　　「保和堂」中國有限公司的領導們，特意為文友們安排了參觀河南焦作溫縣「太極拳」發源地陳家溝，以及世界聞名的功夫聖地「少林寺」。在「太極拳」發源地陳家溝，文友們觀摩了師傅們表演的精湛拳法。來到「少林寺」，文友們和寺院裏的師傅們一起進餐素食，體驗修行的師傅們生活上的清心樸素。膳食之後，文友們受邀來到「少林寺」圖書館和師傅們座談，台灣著名的作家施叔青和文友們分享了她這些年來學佛和練習太極拳的心得。

　　第十屆世界華文作家大會，不僅是一次成功的文友交流學習大會，更是一個為文友們補充寫作新能量的大會，通過健康和養生的主題，讓大家發現到：「平衡的飲食起居，平衡的有氧運動，平衡的心理狀態」，會給大家帶來更多的文學創作力量和靈感！

著名作家施叔青

　　認識施叔青教授，是在2012年，海外華文女作家協會受中國湖北省作家協會的邀請，前往武漢市舉行第十二屆作協雙年會。並且，與中國的作家們進行交流和探討「跨文化背景與華文女性寫作」，「漂移的文化版圖」等主題。

　　我們住在中國湖北省武漢市的東湖賓館，開會的那天早上，文友們都到賓館一樓的餐廳用餐。豐富的武漢特色早點，讓文友們大開眼界，大開胃口，品嘗之後也讚不絕口。就在餐廳川流不息的人群中，我看到了走在我身邊，掛著入會嘉賓名字牌的施叔青教授，我熱情地問候著：「施教授早！」，施叔青微笑著回答我：「早！」。正當我想開口多說幾句的時候，其他的文友圍過來也向施教授問候著，簇擁著。人群漸漸將我和施叔青隔開，因為這次年會有100多位文友參加，我只能夠眼睜睜地看著施叔青被人群簇擁而去，遺憾地仰慕著施叔青教授那越來越遠去的背影。

　　那次相遇後，我開始仰慕施叔青教授。

　　施叔青教授十七歲時，發表了一篇處女文章「壁虎」，這篇文章我已經讀過無數次了，我被施叔青教授的精湛文字和奇特構思所深深吸引。施叔青教授在寫作這篇文章所採用的手法上，主要有四種特點：

　　其一，她不以時間的發生順序來鋪展，常常是通過記憶的回

位，來引出故事的主體。

小說「壁虎」的開篇第一段，描寫的是一位少婦在丈夫的溫存之時，看到了閣樓廊下的白壁間，總有三兩隻或好多隻黃斑紋的灰褐壁虎。「當夜晚，我由我的丈夫極其溫柔地擁著我，走到我們的臥房時，這種卑惡生物總停止他們的爬行，像是縮起頭圓睜斜狠的小眼特意對向我。每當這時，我都會突然自心底賤蔑起自己來，我始而感到可恥的顫慄，最後終是被記憶擊痛。」通過這段描寫，接下來的故事主體被引導出來，「那年秋天，我十六歲，一個耽於夢及美的女孩子，」。

其二，她用字簡潔而生動，一個字，一小段落，就包含了極其豐富的內容。

「在故鄉堆高了的秋日橋岸上，找和我的略嫌青蒼的大哥一起，索求那只有我們能懂的絕對的美，然後，我把微微發熱的額頭仰高，由大哥感人的嘴唇深深去思想一些什麼。我的愉悅是波形。就這樣，我們渡過一個個葦花紅染的黃昏。」文章中的這一段，是我最敬佩的一段文字，一個「堆」字，把景物和心情同時描繪出來了。短短的這段文字，有時間有地點（秋日橋岸上），有季節有人物（我和我的略嫌青蒼的大哥），有景物和人物的描繪（我把微微發熱的額頭仰高，葦花紅染的黃昏），也有人物心理活動的揭示（我的愉悅是波形）。我一直在想著，一個17歲的台灣女孩，如何能夠寫下如此生動的文字，豐富的情感，著實令人讚嘆不已，真是個才女啊！

其三，她用筆精鍊，比喻貼切，主題鮮明。

「朝北的弓形白壁的盡頭，有三兩隻怪肥大的黃斑褐壁虎倒

懸在牆上，這女人踱到那一角的步姿使我憶起她一如壁虎。她像不太有靈魂，她卻愛生命，愛到可恥的地步。她已成就的少婦風情和微有些倦態，使我感出她是生活在情慾裡。」通過這段文字，作者鮮明地點出了文章的主題。過去古人把壁虎叫守宮，據說「守宮極淫，喜水，每遇水轍交」。大哥娶回家的女人，就如同那倒懸在牆壁上的壁虎，終日沉溺於男女歡情，不理家務和時務。

　　其四，她用精心安排的故事情節，巧妙地突顯作品中社會環境衝突和人物之間的衝突。

　　「他們沒有精神力量和一切秩序，只有披滿酒與情，如同赤裸的壁虎，無恥存活，而在古風的小鎮上，就如同我們這樣的現代建築不被容允，我們滅殺了道德傳統的價值。」文章中的大哥大嫂這樣沉迷的人性放任，顯然與當時的小鎮傳統是相違背的。出生於台灣鹿港的施叔青教授，是台灣著名現代派女作家，她的文思常常圍繞在傳統的鹿港人身上，敏銳地看到一些生活中與傳統小鎮格格不入的現象。「第一次推開門房，我走了進去，空酒瓶、香煙灰、腐杇的霉味、不堪入目的彩色照片、臟布片、衣服構成房內的全貌。我透過蒙蒙飄塵中看到床上兩個睡熟的軀殼。他們斜臥著，大哥細瘦的胳臂緊壓在女人敞開的前胸，他的另只手環住她裸著的腰間，模糊不清的讕語在大哥喉結作響。兩隻懷孕的蜘蛛穿行於女人垂散床沿的髮茨。血奔湧上我的臉頰，羞辱使我調開眼睛，我一轉身，抓起桌几上的一把剪刀，拋向那賤惡的所在。我在破壞的補償衝出房間。」這段緊扣主題的描寫，把作品中的我的情感衝突激烈地推到高點，這個少女心中曾經和大哥之間絕對的美，已經被絞得七零八碎，眼前發生的事情讓少女

憎惡之極。除了少女和那個女人的內心衝突，還有性放縱和保守
傳統習俗的衝突，大哥以及那個女人和大家庭的衝突。施叔青的
小說寫作，最擅長的技巧是在主角人物的內心情感上著墨，細膩
而深刻的描繪人物的內心感受。

　　時隔三年之後，我又與施叔青教授，在中國浙江省的「魯迅
文化之旅」中相遇。那年在武漢根本沒有時間單獨向施叔青請教
和學習，這次的機會真是千載難逢啊。讓我特別感動的是，當我
小心翼翼地對施叔青提出想採訪她時，這位揚名世界華文文學界
的著名作家，熱情而溫和地接受了。我喜出望外地從背包中拿出
了筆記本和筆。與這位我仰慕已久的著名作家面對面，當時的心
情是特別激動，也特別緊張。

　　通過與施叔青教授多天的相處和請教，讓我對她的寫作風
格和人品更加敬重。施叔青教授是台灣著名現代派女作家，出生
於台灣鹿港，淡江大學外文系畢業，1970年留學美國專攻戲劇，
1978年移居香港。多年後又從香港返回台灣居住，然後再回到美
國紐約定居。幾十年來，施叔青教授在潛心文學創作之餘，最熱
愛的事情就是到世界各地去走走，拜訪名家和大師，了解世界各
地的歷史和人文習俗，不斷地充實自己的知識和提升創作境界。
其實，一個好的作家，要寫出好的作品，除了寫作技法上的嫻
熟和獨特，作品題材的恰當切入，還有一些重要的因素是不可忽
視的。在這次「魯迅文學之旅」中，通過和施叔青教授的朝夕相
處，我發現她非常之博學多才，幾千年的西方歷史和東方歷史，
都在她腦海中儲存著。同時，施叔青教授待人特別親切隨和，說
話坦然幽默，熱心與大家分享她淵博的知識。

　　我們的行程中，走訪了人間天堂杭州，施叔青教授對西湖畔幾百年前淒美浪漫的「梁祝」、「白蛇傳」的歷史故事了解頗多，對西了湖一潭碧水灌溉的龍井茶也有很地道的品味，對雷峰塔的歷史和塔內的文物展品有所研究。對紅極一時的「紅頂商人」胡雪岩人生經歷了解甚多，在胡雪岩故居這座宅第內，從亭台樓閣到木雕石刻，用料和江南園林的造園藝術都有深入的了解。對胡雪岩創辦的胡慶余堂興趣盎然。在浙江作家協會舉辦的「魯迅之旅」文學座談會上，施叔青教授發表了自己對魯迅先生，在中國文壇上所做的貢獻的獨特觀點。

　　來到紹興，我們參觀了從百草園到三味書屋的魯迅故居，因古代書法家王羲之《蘭亭集序》而聞名的蘭亭公園，以詩詞人陸遊和唐婉感人肺腑的愛情故事，以及他們寫下的千古流傳《釵頭鳳》而吸引遊人的沈園。我們還體驗了以烏蓬船、烏氈帽、烏乾菜這「三烏」為代表的紹興傳統文化。每到一處景點，施叔青都為同行的文友們講敘著相關的文化和歷史知識。

　　宜興，是一個文化歷史小城，歷史和文化資源及其豐富，我們遊覽了宜興善卷洞、竹海、龍背山森林公園。讓我們大有收穫的，是陶都宜興的陶文化、茶文化、竹文化。宜興紫砂工藝始於北宋，盛於明清，繁榮於當今。我們參觀了陶都宜興的陶瓷博物館，施叔青對博物館內的考古展品興趣濃厚。早在多年前，施叔青教授出版了散文《松風竹爐提壺相呼》，其中一篇「紫泥新品泛春華」，還被中國宜興作家協會的范雙喜主編收集在《雲遊宜興》書中。我們拜訪了前身是江蘇省宜興紫砂工藝廠的宜興方圓紫砂工藝有限公司，董事長和夫人親自接待了我們，為我們用

方圓紫砂茶壺沖泡了宜興出產的「上供朝廷」陽羨茶，施叔青對
往昔與當今的紫砂茶壺的深入研究，讓大家敬佩無比。宜興也是
一個集書畫、詩文、篆刻、雕塑於一體的文化名城，我們走訪了
著名畫家徐悲鴻和尹瘦石作品展覽館，還有晚清民國時期著名國
畫家、書法家、篆刻家、「后海派」代表、杭州西泠印社首仟社
長，吳昌碩紀念館，施叔青教授對中國以及世界繪畫藝術的造詣
也頗深，她自己也是一位畫家。

參觀傳統建築元素與現代建築形式和工藝融為一體的寧波博
物館時，我又看到了施叔青教授也是一位有豐富建築藝術薰陶的
作家。施叔青的作品那麼有深度和內涵，深受讀者們的青睞和追
捧，正是因為她把自己豐富的人生經歷和淵博的知識滲透在她的
作品之中。

縱觀施叔青教授的作品，早期的作品，被很多文學界名家
定位為鄉土作品，我們可以從她許多優秀的作品中讀到台灣那個
年代濃厚的鄉土氣息。這個時期的作品以短篇小說《壁虎》最為
我青睞，代表作品還有小說《凌遲的抑束》，《瓷觀音》，泥像
們的祭奠》，《倒放的天梯》，《那些不毛的日子》，《擺盪的
人》，《拾掇那些日子》，《約伯的末裔》等等。

七十年代的作品，以描寫海外生活為主，這個時期施叔青教授
在海外留學，接觸到許多在異鄉孤獨飄落的人們卑微的命運。《完
美的丈夫》，《常滿姨的一日》等作品都突顯了這方面的主題。

八十年代移居香港之後，是施叔青教授創作生涯的巔峰時
期，她開始發表一系列的香港故事短篇小說，並且創作了中篇小
說《維多利亞俱樂部》和長篇小說《香港三部曲》。這個時期施

叔青教授的作品不僅產量高，質量更高。她對香港這個殖民地的
特殊歷史背景和政治地位做了非常詳細和深入的研究，並且對在
這個特殊地方生活的人們進行了深度的觀察和探究。在她的筆端
出現了洋味十足的嬌媚麗人與小市井商販的孽緣，在繁華的帷帳
下面偷生的貧寒之眾，勾心鬥角逢場作戲的社會百態，社會高層
謀權腐敗的不堪醜聞。《香港三部曲》則是把小說人物放回到香
港的百年歷史環境中來寫，讓讀者通過小說人物的命運，對香港
的歷史有了生動的感性認知。《微醺彩妝》是施叔青從香港居住
十幾年之後回到家鄉台灣創作的一部長篇小說，此時的台灣已是
今非昔比。台灣騰飛的經濟，讓人們忘記了生活的樸實本質，沉
迷在燈紅酒綠的歡暢之中，過著虛弱墮落腐化的生活。《台灣三
部曲》和《香港三部曲》一樣，都是以歷史為大背景，鋪展出這
段悲劇歷史給人們帶來的心靈創傷。

　　《台灣三部曲》寫的是1895年到1945年台灣在日本的統治下所
發生的事情。多少年之後，許多台灣人和日本人選擇淡忘過去，可
是台灣和日本的歷史文化研究者想讓歷史回放，觀光局也開動腦筋
積極修復歷史遺址，提供後人們緬懷和瞻仰那些歷史留下的痕迹，
以及尋找歷史給人們留下的一些疑惑和身份認同的答案。

　　走進二十一世紀，我們讀到施叔青教授的作品，包括了兩
個主題：一個是遊記小說，或者稱之為小說遊記，我喜愛的這個
主題代表作品是《驅魔》。另外一個主題是以佛學的境界來探討
人生，《枯木開花－聖嚴法師傳》，「法鼓山創辦人聖嚴法師於
2009年2月3日圓寂，享年80歲。聖嚴法師畢生為了建設人間淨土
而努力，四處弘法，信眾無數，一生付出只為建設人間淨土和有

緣人分享佛緣。除了弘揚佛法，聖嚴法師近年來更提倡的『心六倫』，將現代人失落的道德觀與傳統五倫予以巧妙連結，期盼以『新』六倫帶來『心』視野。」施叔青教授的作品人物，都是歷經人間滄桑和磨難，為什麼我們一代又一代地重複這人間疾苦？如何才能夠擺脫和減少這些磨難？《枯木開花－聖嚴法師傳》，這部作品中對此有許多深刻的探討。

　　施叔青教授的作品，有深度，有廣度，有思想，有豐富的知識含量，有動容的人生感悟，翻開每一部作品，都能夠讓我愛不釋手。如果想學習寫作小說，施叔青教授的作品，是值得我們推薦學習的最佳藍本。

　　多年前，我在上海參加一個文學聚會的時候，遇見了一件非常意外和巧合的事情，受施叔青教授的文學寫作技法熏陶，我將那件事情寫成了一個短篇小說《秋葉之戀》，故事中的女主角秋桐，代表國外康仁集團公司參加中國上海舉辦的一個國際會議，男主角葉君是中國一家生化公司的總經理。「十年生死兩茫茫，不思量，自難忘。千里孤墳，無處話淒涼。縱使相逢應不識，塵滿面，鬢如霜。」蘇軾的《江城子·乙卯正月二十日夜記夢》是這個故事的主題。兩個童年的鄰居小夥伴，青梅竹馬地一起長大，由於歷史的原因被迫分開，生生死死兩不知。殊不料幾十年的分離之後，當兩鬢如霜的葉君看到銀髮如染的秋桐，那種似曾相識的感覺非常強烈，但是他不敢相認，更不敢相信眼前的秋桐，就是他當年生死相許的戀人。

　　這個短篇小說，我就是在學習和模仿施叔青教授的寫作技巧，不以時間的發生順序來鋪展，常常是通過記憶的回位，來引

出故事的主體的一篇小說。以兩個主角幾十年分離之後的相遇開篇，然後開始回憶他們過去的生死戀情，結尾再回到現實。

人生路上，能夠與自己仰慕的人，施叔青教授相遇，真的是運氣太好！

2016年，我非常開心能夠與施叔青教授在四川采風，兩次與施叔青教授一起，參加四川作協的文學座談會，聆聽施叔青教授與四川作協大作家們對文學的探討。我們一起去了川北，遍訪川北地區的名山秀水，名人故居。我們大采風團從成都出發，途徑了綿陽，江油，廣元，漢中，最後到了中國四大古城之一的閬中。我們還一起去了川西，走過了眉山，雅安，都江堰，四姑娘山，最後探訪了亞丁稻城。

2019年，我又非常榮幸地與施叔青教授，一起同遊走了中國最美的絲綢之路。

感恩人生道路上遇見的所有恩師，他們的才華，他們的人品，他們的友善，為我的生命增添了許多的溫暖和希望。

著名作家施叔青

斯坦貝克的故居

　　在美國加里福利亞州（California），有一個美麗而寧靜的小鎮，名叫「薩琳娜斯」（Salinas）。

　　這個小鎮距離世界聞名的美國舊金山市一百多哩，它每天默默地向熱愛它的人們散發著歷史記憶的芬芳，也靜靜的追逐著現代文明的腳步，它最吸引遊人的，是因為這裡出了一位世界聞名的大作家約翰・歐內斯特・斯坦貝克。

　　薩琳娜斯小鎮裡的居民，就像一群好客的主婦，對每一位到訪小鎮的客人細心而體貼的關心著。如果你需要問路，在街上遇見的每一位小鎮居民，都會放下手中的活計，停下行走的步伐，耐心而友好的告訴你正確的方向。平時的小鎮是安靜的，就像一個熟睡的嬰兒，每當逢年過節，小鎮的熱鬧則是五彩繽紛的，絢麗多姿的。隔三差五，小鎮就有些生活與人文的活動，例如：音樂節，美術節，舞台表演節，電影回顧節，魔術節，感恩節彩車大遊行，農產品展銷節，最著名的則是世界聞名的美國作家約翰・歐內斯特・斯坦貝克節。

　　斯坦貝克節，一般是在每年的五月舉行，連續三天的節日，數以萬計的人潮湧入這個熱情好客的小鎮。文學家，藝術家，音樂家，他們在次時刻歡聚一堂，用他們的故事，用他們的歌聲，用他們的畫筆，謳歌他們心中的斯坦貝克，也用這一切來溫暖人

們對世界幸福生活渴望的心靈。

　　1902年2月27日，美國作家約翰‧歐內斯特‧斯坦貝克，出生在這個美麗而溫馨的小鎮。斯坦貝克曾經居住和生活的小洋樓，也就是人們常說的「斯坦貝克故居」，坐落在薩琳娜斯小鎮的中心大道上，是一座安娜女王時代維多利亞風格的獨立小洋樓，建造於1897年，是由薩琳娜斯小鎮的巨賈克勒先生出資建造。三年後，斯坦貝克二世購買了這座美麗的小洋樓，全家於1900年搬進這座小洋樓居住，美國作家約翰‧歐內斯特‧斯坦貝克就是在這座小洋樓裡出生的，並且在小洋樓裡度過了他的童年和少年時代，直到17歲離開家去念大學。

　　如今，這座斯坦貝克小洋樓基本上不對遊客開放參觀，而是由幾位充滿熱情的主婦購買下來，經過一些大的建築維修，通過經營餐館生意的方式，再於1974年2月27日重新對外開放，這天正好是美國作家斯坦貝克72年的誕辰日。她們的目的是通過餐館的經營，獲得部分資金來維護和保養這座具有歷史意義的小洋樓。想要在斯坦貝克小洋樓餐館就餐的客人，必須預約就餐時間，不可擅自前來。所有前來就餐的客人，都有機會自由地走進這座斯坦貝克小洋樓裡面，參觀小洋樓內部的結構和一部分斯坦貝克寢室生活擺設，還有部分難得一見的斯坦貝克家族老照片。小洋樓內部是非常溫馨和古典的氣氛，從傢具到生活小用品，窗簾到床單，都保持著十八世紀維多利亞的風格，讓人感覺到親身處入那個消失的時代，享受並呼吸著那個時代氣息。

　　斯坦貝克小洋樓餐館的食物非常的精美可口，都是新鮮的薩琳娜斯小鎮當地食材，直接從農民家的菜地進貨。除了食材的

新鮮之外，最讓人垂涎的應該是主婦們家庭般的烹飪絕技，每一
道菜都具有其獨特的風味，餐廳一個星期開門營業五天，從星期
二到星期六，餐廳每個星期都用不同的菜譜，讓前來就餐的人們
口味翻新，百吃不厭。斯坦貝克小洋樓餐館食物美味可口，價格
也非常公道，一菜一湯，一個主菜，加起來也不過是二十美元，
真可謂物美價廉。餐廳裡的菜式也力求復古。我們幾個朋友為了
能夠親身體驗一下十八世紀薩琳娜斯小鎮的飲食風味，專程驅車
一百多英里，特意拜訪了斯坦貝克小洋樓餐館，並在這裡就餐，
走進餐廳，果然裡面的氣氛獨特，真是充滿了當年斯坦貝克家鼎
盛時期的生活。餐館裡最有名的應當是一款特色飲料「斯坦貝克
茶」，盛茶的高腳玻璃杯子上，還印刷著斯坦貝克的名字，酸
甜可口的斯坦貝克茶，是用檸檬水和紅茶調製的，在夏天喝上一
杯，神清氣爽。參觀那天，我們點的主菜，是一種類似意大利風
味的烤寬面，但是餐廳大廚並沒有用意大利麵烹制，而是選用了
一種玉米松糕，上面澆了洋蔥炒香的牛肉末和混了墨西哥豆子的
滷汁，這種美墨混搭的菜，想必是當年在這一帶是很流行的家庭
主食。我們點的飯後甜品是法式燉蛋，巧克力慕斯和冰淇淋蛋
糕。嘗過甜品之後，我們覺得特別喜歡那款燉蛋，火候掌握得恰
到好處，柔嫩中帶著隱隱的香草味，表面薄薄的香脆糖皮，焦糖
味十足。

　　為了紀念偉大的美國作家約翰・歐內斯特・斯坦貝克對世界
文化做出的巨大貢獻，美國政府於1983年成立了一個國家斯坦貝
克中心基金，籌款興建一個具有博物館和紀念館雙重意義的國家
斯坦貝克中心，這個中心選址在薩琳娜斯小鎮的歷史古老大街最

後一個路口上。

經過多年的設計規劃和破土動工，國家斯坦貝克中心終於在1998年6月27日正式對公眾開放，這中心的建築風格是現代的，中心裏面陳列了大量的斯坦貝克圖片和歷史資料，同時還展列了一系列於斯坦貝克相關的文學和藝術作品，在展覽廳的一個右翼展廳，擺滿了薩琳娜斯小鎮周邊農業和農民的相關展物。約翰・歐內斯特・斯坦貝克一生的大部分作品，都是在關注這些窮苦勞作的農民生活，體察和關懷他們的生活疾苦。國家斯坦貝克中心，不僅僅只是對約翰・歐內斯特・斯坦貝克作出貢獻的一個紀念中心，更重要的意義在於鼓勵人們對文學的熱愛，對人類生活疾苦的關注，對歷史的尊重與緬懷，對農業發展的探索，以及對生活藝術的不懈追求。國家斯坦貝克中心，為廣大民眾提供各類的文化教育項目活動，包括約翰・歐內斯特・斯坦貝克文學作品研討會，有關電影欣賞和評論，創造性藝術學習班，中小學生寫作比賽，等等。

國家斯坦貝克中心一周七天都對公眾開放，從早上10點到下午5點，中心對面就是一個很大的停車場。

斯坦貝克的祖父，約翰・歐內斯特・斯坦貝克，十八世紀，由歐洲移民來到美國，他們的家族有著德國和愛爾蘭的血統。父親約翰・歐內斯特・斯坦貝克二世，在美國加里福利亞州的蒙特里縣，找到了一份非常好的政府工作，於是，他帶著全家人於1900年在美麗的薩琳娜斯小鎮落腳，買下了豪華的維多利亞小洋樓。兩年後，1902年，約翰・歐內斯特・斯坦貝克二世喜得貴子，這個兒子就是後來的世界著名美國作家約翰・歐內斯特・斯

坦貝克。

　　父親長年累月在忙著自己的工作和其他生意，並沒有很多時間照顧小斯坦貝克，而母親是一所學校的教師，喜歡給兒子讀書，講故事，所以小斯坦貝克從小就愛好讀書，用大量的時間閱讀與寫作，並且關注著這個小鎮周圍的農民生活，思索和探討著農民的渴求，這給他以後的文學作品創作提供了大量的真實素材。母親也經常帶著小斯坦貝克，到小鎮的教堂去參加禮拜，接觸到許多的當地農民，傾聽他們向上帝作出的懺悔和乞求。每當夏天學校放暑假，小斯坦貝克就到農田裡去，與那些農民一起乾著粗重的農活，讓他親身體驗到了農民的艱辛和疾苦。

　　1919年，小斯坦貝克中學畢業之後，被父母送進了美國著名的私立學校斯坦福大學上學，父母希望小斯坦貝克能夠接受美國最好的大學教育，將來可以干一番大事業。但是，約翰・歐內斯特・斯坦貝克對課堂上的學習並不專心，更熱衷於對現實生活裡的問題進行探討，他不斷的用他的筆來抒寫心中的感慨，花了大量的時間進行研究和寫作，他斷斷續續地在斯坦福大學上著課，在學校混了五年多，最後他沒有完成學校裡的課程，不得不在1925年正式退學。從此，小斯坦貝克開始了他全心全意的寫作，成為了一名作家。

　　離開學校之後，他從美國的西海岸加里福利亞州，遠赴美國的東海岸紐約市，找了一份不怎麼滿意的工作，定居下來，專心寫作。寫作的道路不是那麼的順利，他開始的一些作品，並沒有得到出版社的青睞，在紐約的生活變的窮困潦倒，他只好暫時放棄寫作。

　　1928年，受到生活挫折的約翰‧歐內斯特‧斯坦貝克，回到了美國的西海岸加里福利亞州，在加里福利亞州邊界的一個風景旅遊小城市塔河市找了一份導遊的工作，同時在一個魚苗孵化廠兼做臨時工。在事業上失意的約翰‧歐內斯特‧斯坦貝克，在感情上找到了彌補，他在塔河市遇見了他的第一任妻子卡羅.漢玲（Carol Henning Steinbeck Brown），他們一起回到加里福利亞州的蒙特里縣，住在父親給他們免費提供的一間靠海的小木屋裡，父親不僅給他提供了免費的小木屋居住，還給了他大量的紙張和筆墨，讓兒子能夠專心地沉溺於他的寫作之中。

　　1930年，約翰‧歐內斯特‧斯坦貝克和卡羅.漢玲，在新年的喜慶之中結婚了。

　　1935年，約翰‧歐內斯特‧斯坦貝克成功地發表了他的早期小說「托蒂拉坪地」，這篇小說描寫的是第一次世界大戰結束之後，一群善良的人，貪婪的人，友好的人，陰險狡詐的人，他們無所是從的生活。這篇小說的成功，給斯坦貝克夫婦帶來了一筆可觀的收入，他們在加里福利亞州的羅斯加托小鎮修建了一所夏日農莊，隨後約翰‧歐內斯特‧斯坦貝克夫婦邀請友人一起去旅行，在這個旅行的過程中，約翰‧歐內斯特‧斯坦貝克夫婦的婚姻關係出現了僵局，1942年，約翰‧歐內斯特‧斯坦貝克和卡羅.漢玲離婚，很快就與第二任妻子溫多林結婚，婚後生育了兩個孩子。

　　同年，電影製作商也看上了這篇小說，1942年電影拍攝出來之前，電影版權就賣出去了。

　　1943年，約翰‧歐內斯特‧斯坦貝克投入了第二次世界大

戰，1944年，在南非受傷的約翰・歐內斯特・斯坦貝克，以戰地
作家的身份，退役回到老家。

　　1947年，不甘寂寞的約翰・歐內斯特・斯坦貝克相約著名的
攝影家，一同前往社會主義革命的國家蘇聯進行採訪旅遊，他們
是西方國家最早到蘇聯進行採訪的人士。1948年，他們的作品「蘇
聯之旅」配以大量的圖片，榮獲了美國文學藝術年度學術大獎。

　　1948年5月，接到友人受傷的消息，心急火燎的約翰・歐內斯
特・斯坦貝克匆匆忙忙趕回家鄉，見到友人的最後一面。失友而
悲痛的他，同時也遭遇到婚姻的破碎之擾，第二任妻子溫多林堅
持要離婚，1948年8月，他努力想要說服妻子，終於還是無法挽回
地離婚了。

　　1949年，約翰・歐內斯特・斯坦貝克在加里福利亞州的海濱
小鎮，卡梅爾鎮的一家情調餐館裡，遇見了史各特女士，他們聊
的非常愉快，並且開始保持著非常親密的關係。1950年，在史各
特女士和她的演員丈夫離婚後的一個星期，約翰・歐內斯特・斯
坦貝克就和她結婚了，這段婚姻一直維持到1968年，當約翰・歐
內斯特・斯坦貝克離開人世。

　　1966年，也就是在約翰・歐內斯特・斯坦貝克去世的前兩
年，他以六十四歲的高齡，帶著虛弱的身體，前往以色列第二大
城市特拉維夫，特拉維夫在希伯來語中的含義是春天的小山丘。
斯坦貝克專程拜訪了希望之山聖地，這是一個清雅秀美的以色列
農業小村莊，由斯坦貝克的祖父約翰・歐內斯特・斯坦貝克一世
親自開闢出來的一塊嚮往和平之田野，那裡充滿了寧靜的田園風
光，鄉村裡的人們生活上相互幫助。1858年，斯坦貝克祖父的兄

弟，富仁若奇。格羅斯坦貝克先生被阿拉伯屠殺組織成員暗殺，
這個慘劇給了斯坦貝克的祖父一個深深的觸痛，所以斯坦貝克的
祖父開闢了這個和平希望之鄉，勸說世人以和平相處，這也是美
國作家約翰·歐內斯特·斯坦貝克一生所倡導的文學作品理念。

　　約翰·歐內斯特·斯坦貝克由於嚴重的心血管堵塞，於1968
年12月20日不幸在紐約去世，享年66歲，他是一個煙草的熱衷
者，有人開玩笑地說，他創作的每一部作品裡，都能夠聞到濃郁
的煙草香味。也就是在約翰·歐內斯特·斯坦貝克去世的前兩
年。約翰·歐內斯特·斯坦貝克由於嚴重的心血管堵塞的一生，
花了大量時間投入很多的社會活動，他能夠充分了解社會，接觸
社會，深切的感受社會，這些活動為他的作品注入了許多感人的
故事。

　　1929年，約翰·歐內斯特·斯坦貝克出版他的第一部小說
「金杯」，這個處女作並沒有獲得社會很大的反響，作品是根據
一個海盜船長亨利莫根的生活為主線，描寫他是如何在巴拿馬海
域地區襲擊商船，最後也喪失了自己的生命。

　　1932年，他出版了一部作品「天堂牧場」，這是一部短篇合
集，收集了12篇相互關聯的故事，主要背景是早年的西班牙士兵
登陸美洲，如何驅逐和追殺美國土著印地安人，並且發現和佔領
了加里福利亞州蒙特利平原谷這樣一個富饒而美麗的地方。

　　1933年，約翰·歐內斯特·斯坦貝克出版了「紅馬駒」，
這是一部宗教色彩濃郁的作品，深受作者自己童年教堂生活的影
響。斯坦貝克的第一部有影響力的作品，應該是他在1935年出版
的「托蒂拉坪地」，這篇小說用的是幽默與諷刺的對比手法，描

寫第一次世界大戰結束之後，在蒙特利平原生活著一群善良的人，貪婪的人，友好的人，陰險狡詐的人，他們過著無所是從的勾心鬥角生活。這部有影響力的作品，獲得了當年的美國加里福利亞州文學金獎。這部作品，在1942年被搬上了美國的電影屏幕，由美國最著名的三個男影星，Spencer Tracy, Hedy Lamarr and John Garfield 在影片裡面出任男人主角，其中John Garfield成為了斯坦貝克的最好朋友之一。

　　1939年，約翰・歐內斯特・斯坦貝克非常成功地出版他小說「憤怒的葡萄」，這是一部成功的美國社會紀實文學，故事背景是1933年。從德州至加拿大邊境的美國中西部廣大草原地帶，由於受到猛暴風沙侵襲，造成大片的耕地變成荒蕪。奧克拉荷馬州的喬德一家，被迫背井離鄉，全家11口人坐著一輛老式福特牌汽車，取道國道六十六號公路，向西橫越黃沙滾滾的沙漠，到加州尋找出路。一路上傳來的盡是有關加州的負面消息，年邁的祖父母先後去世，車子故障，又碰到小偷，喬德的兄弟諾亞悄然離去，喬德的朋友凱西遭到殺身之禍，前途茫茫之際，只有母親仍鼓勵大家堅強地活下去。抵達目的地後，約德一家居住在貧困骯髒的胡佛村。儘管一家人拚命工作，只能勉強糊口，又遭人排擠。葡萄園主人不斷壓低工資，壓榨農民，於是農民奮起反抗，舉行大罷工，地主勾結警察前來鎮壓。喬德在一場暴動中殺了人，為了躲避抓捕，只好再度離鄉背井，遠離親人。

　　這部小說在當年「賣得最快，評價最高，爭論最激烈」，一時成為禁書，又被當眾焚毀，最後迫使國會立法，資助農民。

1940年此書獲得普立茲小說獎，並且也被美國著名的導演約翰·福特搬上了銀幕，而劇中的主角則是由美國當時最有影響力的男演員亨利·方達擔綱。因為拍攝這部電影，約翰·福特被評委大加讚賞，他獲得了當年的奧斯卡最佳導演獎。而扮演主角的男演員亨利·方達，也獲得了奧斯卡最佳男主角的提名。

約翰·歐內斯特·斯坦貝克的另外一部小說「人鼠之間」，是作者在1937年非常成功發表的一部作品，內容描寫的是三十年代，兩位移民來到美國加里福利亞州的農民，他們希望通過自己的努力工作，賺到足夠的錢來買一塊屬於自己的土地，抱著極大的幻想在追求著他們的美國夢，卻不料美國站後的經濟大蕭條，讓他們的幻想徹底破滅。作者用非常辛辣諷刺的筆調來安排故事中的兩個行為相異的角色，樂安兒每天都在聽喬治講著，他的美夢就快實現了，他們努力到最後，美夢就要變成渴望以久的現實。突然間，所有的厄運向他們襲來，樂安兒意外地殺死了農場主兒子之妻，農場主兒子召集了一群亡命之徒，前去對樂安兒毆打報復。儘管喬治已經感覺自己的夢想就要實現了，但是如果生活裡沒有了樂安兒，如果樂安兒被那些亡命之徒殘酷地毒打和折磨，在極度的痛苦之中死去，那並非是一個真正完整的美國夢。喬治和樂安兒在一起努力工作的時候，為他們的夢想奮鬥的過程中，分享了許多的生活快樂。此刻，喬治決定也要分享樂安兒痛苦，他最後一次再給樂安兒講了他們的夢想，然後趕在暴徒們到來之前，從樂安兒的背後，向他的頭部開槍了。

這部優秀的小說，在1939年被拍成了電影，當這部影片公映的時候，轟動了整個國家。人們為這部影片的感人情節落淚，媒

體的評論家們更是給了這部影片前所未有的高度評價，導演不僅充分表達了約翰‧歐內斯特‧斯坦貝克的小說「人鼠之間」的精髓，更加充分地發揮了最高藝術境界的拍攝技巧，這部影片被人們公認是當時文學和藝術的一個時代里程碑。

　　1962年，約翰‧歐內斯特‧斯坦貝克獲得了諾貝爾文學獎，就是因為他的作品關注在生活最底層的農民，特別是這部小說「人鼠之間」，他運用極度富有真實性和豐富的想像力寫作手法，以深厚同情的筆墨去把農民的內心深層的痛苦挖掘出來，展示在社會大眾面前，喚起人們對農民苦難生活的重視。

　　1952年，約翰‧歐內斯特‧斯坦貝克發表了小說「伊甸之東」，小說描寫特拉斯克和漢密爾頓兩個家族從南北戰爭到一戰時期長達半個世紀的故事，作品的中漢密爾頓家族的原形，是來自於薩琳娜斯小鎮裡，斯坦貝克非常熟知的農民家庭，也就是他的外祖父親的家庭。這個家庭從愛爾蘭移民來到美國加里福利亞州，他們在貧瘠的土地上開墾，艱難地養育著家庭裡的九個孩子，等到孩子們都長大成人之後，離開家鄉，這片土地上來了另外一個家族，特拉斯克。作者通過對這個家族裡不太露面的父親，以及兩個兄弟之間愛與冷漠的糾結，反映出人與人之間的極大性格和行為差異，他們互相的不理解，互相的難以容納，似乎是有兄弟之愛，有感覺非常陌生。一個兄弟行為極端墮落腐化，而另外一個心地脆弱，自律自責。作者用兩條平行的故事線來描述這兩個家族，然後再把他們合在一起，深刻地與讀者一起探討了善與惡的問題。小說標題「伊甸之東」，則是借用了《聖經》中該隱殺死亞伯之後，遷居伊甸園之東的典故。1955年，這部小

說也被搬上了銀幕。

　　約翰‧歐內斯特‧斯坦貝克說：「人類的敵人是我們人類自己，人類的希望也是我們自己。我們的文學作品來自於我們人類生活的本身，而我們人類生活的本身，就是一部最好的文學作品。」

人生之旅

火車站裡的鋼琴

　　在加拿大繁華都市多倫多，有一個火車站的過道裡，擺著這麼一架溫馨可愛的臥式鋼琴，整架鋼琴上面被圖畫著藍天白雲，小草飛鳥。

　　這個多倫多的火車站，在城市最繁華最熱鬧的中心地段，正規的名字是，多倫多市聯合火車站。該火車站另外一端，是連接著多倫多市區到機場的專用快線火車車站，無論是從世界那個角落飛來多倫多的客人，如果下飛機後想乘坐加拿大國家的公共交通，去市區工作和觀光，或者到火車站換乘去加拿大其他的省城，這條交通線都是最快捷和便利的。而連接機場專用快線火車車站和多倫多市聯合火車站的這條通道，自然就是最繁忙的通道了。

　　據加拿大交管局官方的統計，每天經過這個通道的人流非常頻繁，接近五萬人次。人流的頻繁，從經濟的角度來說，當然是一個不可忽視的商機。於是，這條通道裡塞滿了大大小小的商店，吃的喝的，玩的穿的，琳琅滿目。就是在這樣一個繁華熱鬧的通道裡，是誰那麼有雅興地擺放著這樣一架別致的鋼琴呢？

　　駐足在這架鋼琴的附近，我靜靜地看著過往的行人，笑自己好奇心太濃。大部分的過客沒有停止他們的腳步，但是他們的目光幾乎都在這架鋼琴上停留了幾秒鐘，甚至幾十秒鐘。我很想知道他們看到這架鋼琴的時候，心裡在想什麼？腦海裡出現的是什

麼樣的思維？從他們臉上的表情，我做了一番妄加的推論，當然是沒有依據的，只是自己的臆想罷了。

一部分人瞪大了他們的雙眼：「有趣，怎麼這裡擺著一架鋼琴？」「這架鋼琴品質不錯，外觀也很美！」「這架鋼琴，是火車站的一道風景，有情調！」「哪個抽象派畫家的傑作？」「好別致，誰在鋼琴上面畫的圖？」還有一部分行人停下他們的腳步，放下他們的行囊，充滿歡欣地圍住這架鋼琴細看精品。有些人拿出照相機，擺出千姿百態的美型，唭嚓唭嚓地與鋼琴合影。也有些人表現出來的只是一絲淡淡的微笑：「好悠閒，下次經過時一定來彈一曲。」

據悉，這架鋼琴是屬於私人捐贈的，被幾位加拿大年青的現代派藝術家，非常有創意地描繪了一幅花鳥畫，而這幅畫的靈感，則是來自一位世界著名鋼琴家的田園交響曲。生活是美好的，只要我們放慢匆匆而浮躁的腳步，稍稍靜下心來遐想，美好的一切就在我們身邊。

火車站裡的鋼琴

莎蕾氏糖果遊記

　　陽光和煦的六月到來了，我正在計劃夏季的旅行，一個住在賓州的朋友不期而約地打來電話，說是那邊的生意出了些狀況，需要我去打點一下，請我無論如何要安排時間前往賓州。

　　那個周末，我也顧不得其他事情，立刻買了清早的飛機票，到達賓州的皮茲堡國際機場，已經是下午五時左右，朋友早已經在機場等候，我提著簡單的小行李箱，上了朋友的美國牌子小轎車。這是我第一次來賓州，一路上都沒有看見太多的汽車行駛在公路上，公路兩邊都是翠綠的山巒和碧波的小河流，行走在這樣寧靜而清新的大自然之中，我不禁大聲感嘆，賓州的山水是如此的秀麗，宛如一個秀美而賢淑的山村美女，不張揚地生活在遠離喧囂的山鄉之中。

　　車行大約一個多小時，到達了朋友的家，那是一幢外形設計簡單的小木屋，環繞著青青的綠色草坪，鄰里之間沒有任何護欄和任何其他形式的院子柵欄相隔，門前的幾個花盆裡種著酒紅色的海棠花，花開正濃。汽車剛剛停穩在前院，家門就大開了，一位白髮長者走出大門，朋友介紹說，這是他年近八十的父親，在這個小鎮上住了三十多年，一個偶然的機會老人來到這個小鎮，就再也不肯離開。我問老人，這個小鎮上有什麼值得觀光的地方嗎？老人連聲說到：

Sarri's Candies

朋友也說，我一定會喜歡那個地方，因為他讀過我以前寫的兩篇文章：「喜事糖果」和「賀喜糖果」，他說很欣賞我寫的這兩篇文章，看過這個「Sarris Candies」之後，相信我可以再寫一篇「莎蕾氏糖果」的文章啦！

第二天清晨，我就自己去了老人說的那個值得觀光的地方，從他家出門，走路也不過十幾分鐘，我就看到了「莎蕾氏糖果」酒紅色的建築物，在那條不寬的鄉鎮莎蕾氏街道上分外奪目。「莎蕾氏糖果」的營業時間是早上十點到下午的五點，我到達「莎蕾氏糖果」商店的時候，才是早上九點四十五分，門口有個男性員工正在清掃店面門口，我上前詢問，現在商店開門了嗎？他禮貌而微笑地說，還沒有開門，但是你可以進去。

我探頭探腦地走進了商店的大門，店堂裡空空如也，相信我是今天的第一位顧客。店堂是一個長長的走廊形狀，從南門進去，是冰激凌店堂，各種口味的冰激凌招牌高高掛著，讓人口水不停滲透。繼續在店堂裡觀看，牆壁上掛滿了糖果店創始人福蘭克和妻子亞典娜溫馨的照片，還有多年來的獲獎證書，與美國領袖人物的合影。整個店堂的裝飾主題，是一個充滿了歡樂和童話的糖果國王。店主別出心裁地用巧克力建造了一個可愛的國王城堡，店內除了陳列著豐富造型和多種口味的巧克力糖果，也陳列著糖果店主人喜愛的各種精美可愛的裝飾品和玩具。「莎蕾氏糖果」店，不是一個單純的巧克力糖果店，那是一個溫馨的樂園，一個快樂的童話城堡。

正當我興緻盎然的欣賞和享受著眼前五彩繽紛的童話城堡時，

一個衣著高雅，神采飛揚的老年女士來到我身邊：「歡迎你到莎蕾氏糖果店來，有什麼需要我幫助你的嗎？」她親切而甜美的聲音，使我非常溫暖，我說：「我的朋友介紹我來這裡，說這是一個非同尋常的地方，我希望今天能夠在這裡遇見糖果廠的創始人和任何家庭成員，了解這個糖果王國背後的甜蜜故事。」這位年長女士高興的說：「我就是這個糖果店的創始人之一。」我立刻仔細端詳眼前的女士，果然是店堂牆壁照片裡的女主人亞典娜，讓我不敢相信的是，她今年已經七十多歲了，風采依舊，光彩照人。

　　五十年前的一天，年輕英俊的福蘭克找到了他心中的女神亞典娜，約會的時候，福蘭克給她帶去了一塊甜蜜的巧克力，當亞典娜品嘗著巧克力的時候，福蘭克看到了他的女神臉上洋溢著幸福的微笑。福蘭克為了他心愛的女神永遠在臉上洋溢著幸福甜蜜的笑容，決定開始自己製造甜蜜的巧克力。他把家裡的地下室改建成為一個簡陋的巧克力工廠，白天黑夜的在地下室勞作。由於他製作的巧克力濃香滑潤，獨特口感，深受家庭成員和鄉鄰的喜愛，頓時名聲遠揚，供不應求。福蘭克和亞典娜就開始拓展他們的甜蜜事業，在家族成員的積極參加和支持下，他們開始大量生產巧克力，遠銷到其他城市的零售糖果店。他們當初創業開始的地下室，依然是他們的巧克力生產地，同時，在他們最初住的街面上開了這家溫馨而快樂的「莎蕾氏糖果」商店。

　　「莎蕾氏糖果」的成功，不僅是他們製造的巧克力口味特別，對客戶的服務質量一流，更讓人們稱譽和喜愛的是，福蘭克和亞典娜甜蜜而永恆的愛情故事，他們結婚了五十四年，感情上互相愛戴，事業上互相支持，生活上互相照顧，他們共同撫養了

四個才華橫溢的孩子，都是家族巧克力事業的得力助手和推手。
福蘭克先生不幸在2010年因病去世，他生前曾經捐贈了幾百萬美
元給大學的醫學研究機構，去世之後，家屬尊重福蘭克生前意
願，將他的器官也捐贈給了醫學研究機構。現在，莎蕾氏糖果公
司由福蘭克先生的兒子比爾繼承，他將公司的業務從巧克力糖果
擴展到了冰淇淋業務，讓這個家族的甜蜜事業更上了一層樓。

　　在莎蕾氏街道上的「莎蕾氏糖果」店裡，與亞典娜女士的不期
而遇，讓我愛上了她的甜蜜故事，迫不及待地想要把這個甜蜜的故
事與大家分享。離開之前，我敞開肚子，貪婪地品嘗了「莎蕾氏糖
果」店裡的許多不同口味冰淇淋和巧克力，真的是別有滋味哦！

莎蕾氏糖果遊記

讀書萬卷依然少

　　這個初冬，我們在和暖的陽光和甯靜的碧海誘惑之下，和一位遠方來的友人，漫步在加州蒙特利爾海濱。午後的海濱，陽光格外的明媚，行過一條小徑的時候，我們看見前方有一位長者的身影，面向著大海，陽光照耀著他，構成了一幅很美的圖畫。我們疾步走到長者的身後，這幅圖畫更加生動，這幅長者背影圖畫，是我的所有攝影作品中，最讓我感動的作品。

　　這是一位身材穩健的老人，上身著一件棉質的藍色運動衫，下面是一條淺黃色寬松褲，腳穿一雙平底的軟面皮鞋，最令我動容的是，在老人背後的雙手裏，握著一本書《Ordebec的幽靈騎士》，作者是法國著名女作家弗雷德·瓦格斯。老人面向大海，靜靜地沈思著，不知道他是在思考著書裡面的情節故事，還是在思考著自己的人生與大海。我拿出背包裏的照相機，激動地按下了快門，記錄下這讓我感動的海濱讀書老人背影。

　　後來，我們在海濱的一座城堡咖啡屋裏，再次看見了這位老人。老人小口慢品著一杯卡布奇若，我端著一杯純味黑咖啡，微笑著走到老人面前問他，旁邊的位置可以坐嗎？老人慈祥和顏地微笑著說，可以。

　　坐下之後，我就開始和老人攀談起來，從他手中的那本《Ordebec的幽靈騎士》，一直談到老人的一生經曆。

　　老人名叫羅伯特，曾經是美國一家大型商業公司的總裁，今年將近90歲。他這一生中的最愛，除了和他朝夕相處60多年的妻子之外，就是讀書。

　　他出生在第一次世界大戰時期，戰火的硝煙在歐洲大陸燃燒的時候，羅伯特的父母就帶著他姐姐和剛剛出生的他離開英國，前往美國謀求平安生活。在海上漂泊的父母沒有帶上許多的錢財和衣物，卻帶了整整一個小行李箱的書籍。搖籃中的羅伯特和他姐姐，就是在父母的讀書聲中，來到了美國。

　　中國人常說：讀萬卷書，行萬裏路。這句話對羅伯特來說非常貼切，在他的人生道路上，從走出搖籃開始，到今天的退休度假，他每天至少會化一個小時的時間，用來靜靜的讀書。無論是在第二次世界大戰的軍事戰場上，還是在退伍之後的入公司上班，或者是在無數次的出差路途中，讀書是他每天生活的一部分。

　　我問羅伯特，您為什麼這麼熱愛讀書？

　　他說，讀書，是一種生活上的需要，也是一種力量上的補充，通過閱讀不同的作家所寫的作品知識，來補充自己有限的人生經驗和知識，來指導我日常的生活與工作。讀書，也是一種精神上的需要，我每天都在為生活而忙碌，追求生意的豐利，生活的奢華，子女的成才，服飾的時尚，交際圈的擴張，等等。當我從忙碌中抽身出來，才發現自己其實非常的浮躁和迷茫。我忘記了生活的真實意義，忽略了對人生真諦的思考，我一味地沈淪在自我的成功之中，對周圍的社會問題視而不見。讀書，讓我保持清醒的頭腦，讓我能夠理智地處理複雜的問題，讓我學會去理解他人，讓我開闊視野走出困惑，也讓我從來不會感覺空虛和孤

獨。羅伯特還朗朗開懷地說，讀書，也是他的父母，為他從小時候開始培養出來的習慣。這習慣後來就成自然了，一天不讀書，就好像有什麼事情沒有做完。這一生，我都在不停地讀書。

　　我又好奇地問，您讀過的書，超過萬卷了吧！

　　羅伯特輕快地聳了聳雙肩，用手指摸了摸頭頂的白髮，讀書萬卷依然少啊！

　　是啊，讀書是一件多麼有益的事情，「開卷有益」，每一本書都融進了作家的許多心血，是作家們對人生經歷的細心觀察和深刻思考。每位作家的經歷都不一樣，他們帶給我們許多不同背景，不同人物，不同領域，不同時代，不同國度的精彩故事，讓我們沈溺在書的海洋中遨遊世界。養成讀書的好習慣，對我們百益而無害。總有一天，我們會發現自己的生活，就像羅伯特說的那樣，充實而豐富，從來不會感覺空虛和孤獨。書讀得越多，我們從書中汲取滋養人生的甘露就越多，我們的生命之花就會越開越鮮豔。

　　讓我們在百忙之中偷一點閑空出來，給自己一點寶貴的時間，盡情地享受讀書吧！

讀書萬卷依然少

喜事糖果店求職

　　初冬，在加州舊金山地區南部的愛滿屯小鎮，老天爺噼噼啪啪的雨滴砸著久旱的街道。加州的缺水問題是由來已久的，一年四季也就只有那麼幾次降雨機會。此刻，小鎮裡的所有動物與植物，都開心地欣賞和吸納著這稀罕無比的天降甘露。

　　我有一個求職面試的預約，要去愛滿屯購物中心的「See's Candy」喜事糖果店。我伸手按著車庫門開啟按鈕，車庫門緩緩升起，門外天降雨水，如晶瑩透亮的門簾，掛在車庫門外。我激動著感嘆，大自然永遠都不缺美麗，無論是晴天還是雨天，只要我們願意去發現，身邊皆是人間美麗。發動了汽車引擎後，我緩緩倒車出庫，一路享受著車前玻璃上蹦蹦跳跳的雨滴，像無數的舞者腳尖，隨著風的節奏起起落落。

　　驅車來到購物中心，我找了一個離喜事糖果店大概一百多米的停車位，雖然是雨天，購物中心停車量還是相當可觀，尤其是喜事糖果店門前的停車位，滿滿當當。大概是因為還有兩個禮拜的時間，就是西方的聖誕節了！很多西方人喜愛買喜事品牌的巧克力，當作節日，生日，還有婚禮上的禮品送人。

　　喜事糖果店在加州各地星羅密布，無論是宮殿般的大購物城，還是十字街口的小購物中心，都能夠看見喜事糖果店那以黑色與白色為主色調的小店鋪。

　　我沒有帶雨傘，在乾旱的加州，雨傘的利用率不足百分之一。我用雙臂抱著頭，一路小跑到喜事糖果店門口，從店鋪的玻璃門窗看進去，購物的客人擠滿了小店。拉開店門，掛在門後的聖誕節金色鈴鐺熱鬧的響起。我不停地對擁擠且有序排隊的顧客們說著，對不起，借一借路。來到店鋪裡面一個通向庫房的門，我向裡面忙著搬貨品的店員諮詢，店鋪的經理在哪裡？我說，我是來面試的某某某。搬貨品的店員放下手中的貨物，轉身抬臉，是一位滿臉通紅的白人中年婦女，幾縷金色的頭髮從白色的冠狀帽裡頑皮地鑽出來，飄落在掛著汗珠的面龐。中年婦女微喘地告訴我，她就這個店鋪的經理，蘇珊！

　　我們沒有在她的經理辦公室裡坐著面試，蘇珊一邊用衣袖抹著臉上的汗珠，一邊向我提問。為什麼想來喜事糖果店求職？期待什麼樣的待遇？有什麼時段的工作時間選擇？還讓我對自己評價一下，說說自己有什麼優點和缺點。

　　我對喜事糖果店的喜愛是與生俱來的，因為，在我出生的那年，我母親缺奶水，我是用米湯和奶糕餵養著的，經常是飢餓難耐，我總是倔強地不停止嚎啕大哭。有一次，鄰居小男孩海子把他的巧克力，輕輕在我的嘴唇上抹一抹，我就停止了哭泣。海子的爸爸是跑遠洋大船的船員，每次跑一趟遠洋，都會偷偷藏了外國的巧克力回來給小男孩。我來到加州的第一天，就在舊金山機場的購物閑逛處看到「See's Candy」的招牌，迫不及待地買了一盒多種配款巧克力，大快朵頤！

　　我還告訴蘇珊，我沒有期待什麼樣的薪資，每天下班之前，給我一盒兩磅的巧克力就可以了。蘇珊哈哈地大笑著，她說，她

從來沒有面試到我這樣的員工。蘇珊在這家喜事糖果店工作了二十六年，高中畢業後，她就來這家店鋪當員工了。她說，她也是因為從小就喜歡吃喜事糖果店的巧克力，長大後立志要到喜事糖果店上班。當然，無論我們有多麼喜愛「See's Candy」的巧克力，如果作為工作人員，公司是不會不付員工薪資的。

蘇珊用她那肉厚的手，真誠地拍著我的肩膀，我被錄取了！明天就可以來上班了！我則問蘇珊，為何不讓我現在就開始上班？我用手指向店鋪裡那些擁擠排隊的顧客們，蘇珊可以去前台接待顧客，搬貨物的事情就交給我吧！蘇珊再次開懷哈哈大笑，毫不吝嗇地誇獎我，這就是我的優點啊，說干就干！

天色已經黑暗下來，雨水在不知不覺中停了。

店鋪裡的顧客已經沒有那麼擁擠了，還有半個小時店鋪就打烊，蘇珊騰出手來回到庫房，我們把入職手續辦理了一下。我領到了一套新的喜事糖果店服裝，白色為底色，袖口領口衣服邊都鑲著黑色的邊。在我美滋滋地試服裝的時候，蘇珊又回到店鋪前台忙碌去了。

喜事糖果店，已經有百年歷史哦！這家糖果店，原來是一家姓SEE的私人作坊，店鋪糖果所有包裝上，都有一位和藹可親的老奶奶肖像，那就是喜事糖果廠當年的當家主母。糖果店的玻璃櫥櫃裡面，擺放著琳瑯滿目的巧克力，超過一百種口味的喜事巧克力，都是經過她無數次的嘗試改進配方，精益求精的製作結晶。當我拉開店鋪門準備下班回家的時候，蘇珊笑臉盈盈地來到我身邊，她遞給了我一盒巧克力，這不是薪資哦！蘇珊再一次拍了拍我的肩膀，明天見！

吃麥當勞的老趙

　　在舊金山機場辦理行李託運和安檢過程相當順利，最近的國際旅行者人數實在是不多，醫療檢疫新冠雙陰標準和政府的非必要不旅行的簽證難度，大概是國際旅行受限的主要原因吧。

　　高挑的候機大廳樑柱，靜靜地俯瞰著三三兩兩的旅行者，空曠的候機大廳裡，旅行者踢踏的腳步聲空靈地回蕩著，宛如敲在鋼琴弦上清脆的音符。

　　登機的時間到了，我給上海分公司人事部門發出了登機前最後的信息，飛機按時起飛。

　　機艙裡，乘務員藏在口罩裡的笑容，雅緻得體的制服，和訓練有數的服務質量，依然如舊。在三餐四飲的腸胃滿足和隨心所欲的迷糊中，飛機安全抵達上海浦東機場。各種各樣的檢查開始了，到處是攔住行人的擋板，有路牌指定行走的方向。通過數小時的檢查之後，數輛長途大巴車在等待著接運旅客，然後滿載著疲憊的乘客，分流到達了指定的隔離酒店。又是數小時的各種登記和檢查之後，每位乘客都被噴灑過藥水之後，住進了指定的酒店房間，十四天的隔離時光開始了。

　　重複的一日三餐和核酸檢測，重複的網上工作和想睡就睡，神仙未必有如此的逍遙生活。我那長期被舊金山灣區陽光染黑的皮膚，竟然變得白皙起來，長年爬山積累的肌肉，也被柔軟的脂

肪侵蝕了許多。

　　上海分公司的老闆老趙打來的一個電話，攪碎了我對這種神仙般生活節奏的習慣性。他說，明天下午他會在隔離酒店門外停車場等我。

　　老趙的家庭也在舊金山灣區，擁有令人羨慕的頂尖學區，三千多平方的大豪宅，森林公園般的前後院子，家裡有兩個聰明可愛的孩子，一女一兒，真正的一個「好」字。老趙的孩子們還在讀小學，他太太全職在家照顧著孩子們。

　　我和老趙是多年的老熟人，一同在硅谷的半導體電子行業摸爬滾打了十幾年。他對工作的敬業精神，一直被我視為人生標杆。老趙的職業生涯如階梯似的一路向上攀登，而我則是如浮萍般長期漂浮在水平面上，慚愧無比啊。數年前，老趙與幾位志同道合的硅穀人，決定要回國發展了，他的心中有一個執念，遊子千里不忘母恩，在母親最需要他的時候，他選擇了回到母親的懷抱。

　　我大包小包的從隔離酒店後門走出來，如蝸牛般吃力地朝著停車場挪動。大概是老趙看到我了，他健步來到我的面前，還沒有等我說一句話，他就搶過我的笨重行李箱。放好行李坐進車，老闆為員工開車，我心有惶恐。側目看著老趙，我想要說些客套的話，想要說些感謝的話，老趙很專心地開著車，我又把那些虛偽的話語吞回肚子裡面。轉目看向車窗外的大上海，還是那個記憶中誘人的大上海，繁華和喧鬧，老弄堂和摩天大樓，浦東的年輕面孔和虹橋的老阿姨，除了大多數人面部的口罩，一切都是那麼的魅力無窮。

　　公寓到了，老趙是個話不多的實在人，車開進停車場裡，他

下車就開始一趟一趟幫我把行李搬進電梯，再搬運著行李到為我安排好的公寓房間，我只能不停地對老趙說著謝謝。老趙呼吸微微喘動著對我說，十分鐘以後他要帶我去吃晚餐，他請客。看著老趙飽滿的額頭上滲出的無數小水珠，除了謝謝，我還能夠說什麼呢！

　　十分鐘以後，我們下樓，老趙沒有再帶我去停車場，而是帶我步行，走到小區大門口附近，我們坐到一家麥當勞餐館裡面。老趙請客，在這豐富多彩，川湘魯粵，色香味充滿的大上海，怎麼也想不到我們走進了麥當勞，想不到啊，我摸了又摸自己的頭。老趙開始點餐取號，等候叫號取餐，流程進行得非常熟練，看來是老顧客，兩份四件套餐一百元人民幣左右。取餐的時候，我還想主動去，老趙一擺手說，你坐著別動，我去取！

　　我們邊吃邊聊，聊工作，聊家庭，聊上海的新鮮事，聊上海的美食。一番了解，我才知道，老趙對這家麥當勞是情有獨鍾。儘管公寓大樓小區附近還有其他餐館，老趙則是喜歡來麥當勞就餐。他說，在這裡比較快捷省時，菜單也簡單方便，地點就在公寓小區門口，還是附近這裡十幾家餐館之中，唯一全天候二十四小時開門營業的餐館。

　　我們享用完麥當勞晚餐之後，老趙叮囑我到，今天剛剛來上海，回房間好好休息，明天要準時到公司，去人事科報到上班。我連連點頭，答應保證不遲到。

　　那一夜，我睡得很香，不知道是不是麥當勞的漢堡裡含有安眠藥。一覺醒來，天色大白，乖乖的，昨天答應老闆準時上班的，現在就快到點了。我口也不刷，臉也不洗，抓了一個口罩，

百米衝刺的速度，朝著地鐵口跑去。

轉眼上了幾天班。

一天午餐時間之後，公司人事部門向全體員工發了一份電子通知，公司所屬行政區，明天開始靜態管理幾天，大家可以提前下班，去超市購買一些食物。看到通知，公司裡大部分員工們，面部表情都是波瀾不驚，從從容容。老趙還在大會議室與重要的客戶商討公司產品，我沒有車，同事小李說他有車，可以帶我去公司附近的超市購物，然後把物品送到我公寓。在大上海上海，交通非常方便，地鐵公交車班次很多，沒有私家車對出行影響不大。但是，對於家庭購物量大的人來說，如果沒有車，東西買多了是無法提回去的。

在超市裡面，我給老趙發了短信，我想問問他需要買什麼食品，他沒有回復我。小李說，聽說老趙從來沒有自己開火做飯，公寓裡面連鍋碗都沒有。他不是出差去了，就是陪客戶外出就餐，多數時間都是在公司大樓里的智慧食堂就餐，偶爾也叫個美團外賣什麼的。如果在公司加班時間晚了，他就在公寓小區門口的麥當勞解決胃腸饑渴。我想也是的，大上海的餐館多如牛毛，各種美食外賣快遞，也是滿大街可見，怎麼也不會被餓著的。我隨便挑了幾樣自己愛吃的食品，沒有給老趙買任何食品，小李開車送我回公寓了。

說好靜態管理幾天，幾天之後，靜態管理不僅沒有停止，反而延續了好多天。隨後，外賣快遞暫停了，小區門口的麥當勞關門歇業了，小區大門緊閉了，有人站崗，不能夠自由出入。偶而，區委會挨家挨戶發一點食品，再偶而，小區團購大團長在微

信群裡吆喝著，讓大家根據他提供的清單下單團購食品。除了大喇叭呼叫人們下樓去做核酸，我整天都見不著老趙，儘管我們的房間在同一層，而且是緊挨著的隔壁鄰居，我們的房門上都有監控器，誰家開門了，監控器就會發出叫聲。忽然，老趙給我發來短信，問我有沒有時間教他怎麼做飯，我們可以用視頻的方式，我當然表示同意。我幫老趙在團購群裡，求團長想辦法買一個電飯煲和一個平底鍋給老趙，又把我自己買的盤碗勺筷分一套出來放在老趙房門口，開始對老趙免費視頻烹飪授課。

老趙說，他本來是和在舊金山灣區的太太視頻學做飯，可是太太打理家務和帶孩子們上學，實在太辛苦了。每天，太太在視頻裡，看著他一天天顯瘦，就會著急上火地關心不停。加之，中美兩岸的時差太大，他放棄了打擾太太的方式。老趙說，他想去大門口的麥當勞吃飯，好多天都沒有去吃漢堡包了，真的想想都流口水。我說，麥當勞已經是你的私人廚房了。

經過了靜態管理，這個時代的產物，讓老趙總結了兩條人生哲理：民以食為天！太太偉大！

情感之旅

寫給那遠方的鴻

　　冬天，我們在雪林裡見面，如果我們依然沒有忘記彼此！

　　盛夏的愛國中學，高中畢業大會結束之後，我不顧一切地在眾多的人頭中尋找鴻。鴻喜歡留港澳長髮，戴一副黑框眼鏡，鴻的鼻樑很高，下巴很長，我曾經調侃他是不是純種的中原人。鴻幾天前告訴我，他會在畢業大會上穿一件藍色的港衫，還有無漏洞的水洗淺藍牛仔褲，這服裝在八十年代初算是很前衛的時裝，聽說，是他舅舅從香港帶給他的。

　　我汗流浹背地鑽過一堆又一堆擁擠的人群，終於找到了我心中熟悉的他。在靠近主席台的右邊，穿著時髦港仔服的鴻，正在與班主任陳老師交談，身邊還圍繞著他們班上一直暗戀他的那幾朵校花。我的胃酸逆行向上，腦子裡一股醋酸味翻騰。我貼近鴻的背後，輕輕拍了一下他厚實的背，悄悄附耳低語著：我在林子裡等你！鴻沒有轉身，只是點了點頭。

　　校園後面有一片樺樹林，春天的林子裡充滿了回歸的鳥鳴，夏天的林子是濃郁的綠色和涼爽的清風，秋天的林子裡都是金色的童話，冬天的林子中潔白的瑞雪，給了我與鴻描繪未來的靈感！我與鴻第一次遇見，是在畢業前一年冬天的雪林中。他靜靜地在林子中專註畫雪，我喧囂放鬆地在林子中跳舞。從此，我們經常出沒在這片樺樹林中，唱歌，跳舞，繪畫，讀書。鴻的歌

唱得很專業，他還會拉小提琴，他的繪畫也入心有神，沒有受過專業訓練，都是自學成才。在林子中看鴻專註繪畫，是我最感幸福的時光，他專情於畫，把美麗的大自然留在畫布上，我專情於他，把他俊氣和才氣凝聚成的神情容貌銘刻在心田。

鴻來了，我鼓鼓著嘴說怎麼讓我等這麼久？鴻的臉上盛開著朵朵芙蓉花，他就是這麼好脾氣，完全不理會我的小抱怨。他一邊開心地哼著藍色的多瑙河，一邊興匆匆地從斜挎的黑帆布書包裡掏出了一封信。我已經從鴻全身的每一個細胞的興奮，猜到他被錄取了，他夢寐以求的理想學校收納了他！鴻要去北方上外語學院，而我則是去南方讀醫學院。告別的時刻到了，無論我有多麼不舍，我們必將要走出這片滿載曾經的歡笑和愛慕的小樹林，去尋找更大的林子，描繪更多更美的未來圖畫。鴻從書包裡拿出了一幅畫，冬天的雪林，陽光盡情地照耀著林中的白雪，前途一片光明，雪林中多了一幢紅房子！那或許會是我們未來的家？鴻沒有回答我，而我從他的眼睛裡看到了我。這幅畫是他給我的送別紀念物，接過畫紙，我用情用心的將目光仔細的掃描著，然後將這畫儲存進我大腦的最深處。我猜想，鴻是在用畫筆告訴我，現實中沒有的，我們可以用心去期盼和展望，用雙手去構建和打造。我毫無遮羞地表達，想和他在未來的日子裡約定見面，鴻說：那就約在未來的每一個冬天，我們在雪林裡見面，如果我們依然沒有忘記彼此！

四年轉眼過去，畢業後，鴻走過中英街去了香港的商貿局，我跨過太平洋去了美利堅。那個冬天，我們彼此沒有忘記，但是都因為種種理由失約了，寫在信紙上再多的款款深情，都無法充

實心中那種難以描繪的空落。又過了幾年，鴻來信說，校園後面那片樺樹林被全部砍伐了，取而代之的是一片鋼筋水泥宿舍樓，樓裡住著地方教育局和愛國中學的員工們，他的班主任陳老師就住在那片灰色的樓裡。又是一年的冬天，鴻結婚了，新娘不是我，他生了一場重病，愛國中學的班主任陳老師，讓她女兒全程陪伴照顧他的一切生活起居。病痊癒後，鴻娶了陳老師的女兒岑，還做了陳老師的上門女婿。我回信恭喜了鴻，也在心中黯然傷感：遠方的情人，縱然有如海的濃情依依，也需要腳踏實地的柴米油鹽，也需要床邊塌上的寬衣解帶。

　　鴻帶著他的妻子岑旅居香港，再後來，我們就彼此斷了聯繫。我不知道鴻有沒有把我忘記，歲月中大多數時間我沒有想起鴻，一到冬天，鴻的身影就出現在我心中的樺樹林裡，他的歌聲依然是那麼嘹亮，他的琴聲依然是那麼悠揚，我的足尖隨著他的歌聲琴聲在雪地上旋轉，他把這一切的歡樂都記錄在了畫布上。我們唱啊跳啊，累了倦了，他捧起一把白雪，撒在我的頭頂上，雪落如紗，飄散著罩在我的頭面，宛若新娘潔白的結婚面紗。我輕輕的牽起他結實溫熱的手，朝著樺樹林中的那幢紅房子奔跑，無論我們有多麼努力地奔跑，紅房子依然在我們前方，遙遙不可抵達。

　　一場瘟疫在冬天發生了，這個冬天是那麼的寒冷，我想不起那片樺樹林了，我想不起樺樹林裡的紅房子了，我的心裡只有白色的冬雪，白茫茫一片。恐懼，失落，彷徨，我試圖讓自己振作起來，我告訴自己：這個冬天雖然很冷，而且比往年時間長，但春天總是跟在冬天的背後，如影相隨。我期待的春天，一直沒有

大大方方，五顏六色地回歸，她好像一位膽小害羞的小媳婦，躲躲閃閃地藏在寒冬背後，偶而露出窺視的春色，讓喜歡春天的人興奮不已。誰知道，春天又戰戰兢兢地縮回到冬天的背後，讓期待春天的人們嘆息哀傷。

終於等到了春天來臨，我忽然想起了那片樺樹林，想起了林子裡的紅房子，想起了遠方的鴻。拉起行李箱，我要來一趟說走就走的旅行，去看看曾經的樺樹林，看看心中的紅房子。我拖著疲憊的自己，滿懷期待地站在了當年的樺樹林前，圍欄與保安把樺樹林與我隔開。圍欄裡面，現在是一片灰色的建築林，幼童們的尖叫聲代替了鳥鳴。打聽了圍欄內許多位擦肩而過的行人，我找到了鴻的班主任陳老師家，心跳節奏與敲門節奏一起進行著。開門的是一位發福的女性，年紀應該與我相近，我報了自己的簡歷和前來拜訪的初衷，她沒有立刻請我進門，臉上的表情五味雜陳。誰啊？隨著一個洪亮的聲音傳出，我面前緩緩出現了年輕時候的鴻，此刻應該是我臉上的表情五味雜陳。

鴻的兒子，相貌與鴻有九分相似，個頭也有鴻的遺傳基因，他現在是一位兒童鋼琴教師。當他知道了我是誰之後，禮貌地讓我進門，叫他母親拿了一瓶礦泉水給我。與他交談了半小時，知道了他父親鴻，還有他外婆陳老師，都在這場瘟疫爆發中離世了。交談在低沉的氣氛中，那位女性是鴻的妻子岑，陳老師唯一的女兒，她和她兒子坐在我對面，一句話也沒有講。我起身告辭的時候，鴻的兒子從客廳書櫃裡拿出了一卷畫，他說這是父親在瘟疫爆發之前繪出的最後一幅畫。母子二人把我送到樓道電梯門口，忽然鴻的妻子眼裡含淚地說，我們在鴻的生活中一輩子，而

你在鴻的心底一輩子！

　　回到太平洋彼岸，急忙打開行李箱，展開了鴻的兒子交給我的畫卷。冬天，我們在雪林裡見面，如果我們依然沒有忘記彼此！畫卷中的紅房子不見了，鴻與我把紅房子建造在了彼此的心底，鴻把自己畫進了畫卷，他穿著一套藍色的牛仔服，遠遠地在雪林中朝我走來。

那一件藍布大褂

美國舊金山灣區的元旦節那天，人們是在狂風暴雨的吹襲之下度過的。

新年的第二天，郵遞員就開始挨家挨戶地送信了。雖然老天爺關上了水龍頭，沒有再瘋狂地下暴雨，天空中仍然是被烏雲籠罩著，見不到陽光的笑臉，郵箱還是濕淋淋的。

吃過午飯之後，我從郵箱裡，把新一年的首批信件拿進了家門。一封一封地過目了一遍，有些是水電煤氣賬單，有些是朋友們寄來的遲到的聖誕賀卡，更多的是各種各樣的廣告。怎麼這個藍色信封上的地址那麼陌生，我不認識任何朋友在武漢市腫瘤醫院工作。信封上沒有寫寄信人的名字，我心裡好一陣納悶。難道是郵遞員放錯了郵箱？我把信封上收信人的名字和地址重新認真地讀了幾遍，確認沒有錯，是我家的地址。

我心裡充滿了納悶和好奇，放下其他的郵件，拿起那封藍色的信件，走進了自己的書房，我坐在書房的寫字桌前，輕輕地拆開來信封，抽出一張薄薄的信紙。那曾經熟悉的筆跡，正楷鋼筆字，曾經是我學習和模仿過的範本……

「劉歡同學，你好！

也許你已經不記得我了，這也難怪，將近二十多年的光陰過

去了。人生能夠有多少個二十年呢？就拿我來說吧，只能夠過三個二十年。

　　隨信寄給你一張近照，相信你絕對認不出這張照片中的老人，（才過花甲之年）。但是，你應該認得這個老人身上穿的那件藍布大褂，那是你四十幾年前送給我的教師服。還記得嗎？在你進學校的第一個教師節，同學們送給老師的禮物，不是糖果點心，就是鋼筆日記本。只有你，放學之後，靜靜地走到我的面前，將一個報紙包裹遞到我的手上。你那張青春純潔的臉，露著淡淡的笑意。你輕輕地，怯怯地說，『老師，教師節快樂！』然後，你就緩緩地轉身離去。

　　我久久地凝視著你離去的背影，直到你從我的視覺範圍裡消失。我一手拿著教課本，一手捧著那個報紙包裹，包裹是軟的，我猜不出報紙裡包的是什麼。

　　我走回到職工宿舍，那個只有十平方米的家。報紙是前一天的，我拆開了報紙，那是一件嶄新的藍布大褂，我把它套在身上，下擺來到了膝蓋上。一張從作文本上撕下來的紙條夾在大褂裡，那是我十分熟悉的筆跡。紙條上寫著：老師，每天上課時，粉筆灰很多，請穿上這件教師服吧。

　　我有生以來，第一次感到，有一股暖流在周身流淌。

　　第二天早上，我整整齊齊地穿著這件教師服，走進了語文教研室。所有的老師都向我投來訝異的目光，這是我已經預料到的事情。在我們那個年代，那個生活圈裡，新生事物並不那麼容易被人接受。有幾個老師走過來問我，今天怎麼穿了這麼一件奇怪的外衣？我說，是一個朋友借給我的，因為課堂上粉筆灰太多。

我絕對不敢說是你送的，我內心的感受不能夠流露出來，不能夠讓任何人知道。

在接下來的日子裡，學校裡充滿了流言蜚語。他們說我是資產階級的意識根深蒂固，個人風頭主義，小資產階級的作風難改。全校的老師，沒有一個人怕粉筆灰的，我憑什麼就這麼嬌氣？我不畏懼流言蜚語，依然我行我素，每天照舊穿著那件藍布大褂。隨著時間的流逝，學校的流言蜚語開始退場，有些老師嘴上還不饒恕我，他們自己也開始動心了。他們也覺得，學校當老師的，確實是需要一件這樣的大褂。有些老師下課回家，看著自己一身的粉筆灰，好一些的外套，過不了多久，的卻是被粉筆灰腐蝕了，太可惜。不久，有些老師開始穿類似的大褂了，各色各樣都有，學校領導說我帶來壞的頭，要拿我開刀，糾正學校教師的不良之風。

劉歡同學，你是班上成績最好的學生，你永遠都是那麼勤奮好學。你不僅學習成績好，文藝體育也是積極分子。學校的舞蹈班有你輕盈的舞姿，合唱隊有你甜美的歌喉，運動會你是四百米的中跑健將，黑板報你是組稿和排版的主編。全校的老師都知道你的芳名，我這個班主任臉上也充滿了光彩。

我是個出生不好的黑五類崽子，我是一個渾身異味的臭老九，我那時候都四十歲了，還是個光棍漢，沒有女人肯與我結婚。

從這件藍布大褂開始，我心中就再也難以平靜。我不敢告訴大家，也不能夠告訴任何人，那件藍布大褂是你送的，我害怕流言蜚語傷害到你，你是那麼的純潔無瑕。我忽然感到，我在心底對你有那麼一種愛，已經不是一個老師，一個班主任對學生的

愛。想到這裡，我想扇我自己的嘴巴子，一股罪惡感，也隨著這種愛油然而生。我已經是四十歲的男人了，怎麼可以對一個十幾歲的學生，產生這樣的胡思亂想。我的年齡，足以做你的父親，我不能夠這樣胡思亂想。可是，這麼多年來，我沒有辦法把這種愛忘卻，這愛意每天煎熬著我的心，也溫暖著我的心。這愛意還在一天一天成長，每當有你出現的時候，我急躁的情緒頓時平靜了下來。有一回，我在教研室裡和幾位老師爭論一些課本選文，幾乎到了臉紅脖子粗的境地。你出現在教研室門口，我的聲音馬上變得柔和起來。

　　我很恐懼，我壓抑著自己，很害怕被人知道我心中的這種感情。我害怕，我的感情會傷害你，我竭力去表現得正常一些。可是，那樣需要我用極大的毅力。有一次，你生病了，兩天沒有來上課。我就像一隻熱鍋上的螞蟻，坐臥難安，上課時不小心就會走神。你佔住了我所有的情感空間，我的喜怒哀樂都受到你的影響。畢業典禮的那一天，是我最絕望的，最無可奈何的一天。我清清楚楚地知道你就要離開了，我希望你將來會回來學校看我，可是又非常害怕再見到你。我怕當我再見到你的時候，我會情不自禁。

　　二十多年來，我無時無刻不在思念你，你的身影一直揮之不去地在我的腦海裡。今年九月的時候，全校老師體檢，我才發現，我是肝癌晚期。如晴天霹靂，隨後也冷靜了下來。自古人生誰無死，長江後浪推前浪。

　　回想過去自己的這一生，小時候，我們是在戰亂之中跟母親四處顛沛。新中國時期，因為家庭成分不好，歷屆運動都被打

成壞人。婚嫁年齡，還來不急去尋找愛情，就被逼與革委會主任的女兒成親，我死都不肯，寧願被批鬥被辦學習班，我被劃為壞分子之後，就再也沒有女人肯做我的伴侶了。我的母親信奉教育救國，我本來是喜歡藝術的，我母親不肯，她勸我選擇了師範大學。畢業之後，我做了幾十年的臭老九。活到今天，唯一真的讓我留戀的，就只有二十多年來珍藏在心底的這份不被人知曉的，秘密的愛情。

現在我就要離開這個人世了，在病床上執筆寫了這封信。我把醫生護士，親友們都趕出了病房。其實我猶豫了許久，要不要給你寫這封信。我還是害怕，害怕驚擾了你平靜的生活。我就要走了，沒有什麼值得留下的物品。如果我不寫，這個秘密就將隨我而去。我本想將那件藍布大褂寄給你，雖然早就補丁加補丁。可是我想，我也許在陰間需要，我打算讓護士幫我穿上。

我好像很累，就此擱筆。

　　　　　　　　　　　　　　　你的班主任：林仲清」

我的淚水，一直不斷線地滾落在那張照片和信紙上。

讀完信，照片上的人和信紙上的字已經模糊不清了。我竟然是一個如此無情無意的人，自從我畢業，離開那所學校已經二十多年，我從來就沒有回去看望過老師，我連想都沒有想過。好多年前，一個新年，我寄過一張賀卡給老師，也不知道老師收到沒有，僅此而已。我從書房邁動著沉重的腳步，到客廳裡拿起了電話，撥通了旅行社的訂票號碼。「服務小姐，你好，請幫我訂一張舊金山飛上海，上海轉飛武漢的來回機票……」

　　一切都太晚了，林老師他等不了，他已經先走了，穿著那件藍布大褂。

家有一對小情人

　　哥迪和溫蒂，是一對可愛的小情人。哥迪是一身炫耀的金黃色，溫蒂則是全身璀璨的銀白色。哥迪和溫蒂的頭上，各戴著一頂迷人的小紅帽。

　　去年夏天，我的老闆要去中國大陸的一家科技公司任職，他辛辛苦苦養在辦公室裡的這對小情人，將會沒有了主人。我自告奮勇地對老闆說，我請求老闆，讓我把這對可愛的小情人接回家去養，我向老闆保證，一定會盡職盡責地照顧好這對小情人。

　　老闆坐在他那寬大舒適的辦公桌前，把懷疑的目光投向我真誠的臉，過來好久，他語氣相當遲疑地問我，「你懂不懂如何照顧金魚？」我從老闆那認真而擔憂的表情上，看出了他對這一對小情人的深厚關懷和愛護。為了讓老闆能夠對我有信心，也為了讓老闆能夠安心地回國任職，我非常真誠地對老闆講述了我的一段童年故事。

　　那年我七歲，父母從鄉下把我帶到城裡，讓我去一位親戚家裡渡過我的暑假。

　　親戚家有一位和我同齡，但是大我三個月的哥哥，大家都叫他黑子。他的皮膚黝黑，不像他那白皙皮膚的媽媽。他有著一雙很大很明亮的眼睛，充滿了精靈，也充滿了快樂。黑子哥哥養了兩條金魚，一條是全身烏黑的「墨龍」，魚的身上找不到一點其

它的顏色，除了黑色，簡直讓人不可思議。另外一條是全身紅艷艷的「紅龍水泡」，竟然也是除了紅色，絕對看不到其它別的顏色。「紅龍水泡」的眼睛上罩著兩個小蠶豆大的水泡泡，長長的尾裙，在水裡飄來盪去，恰似一位凌波仙女。

金魚缸是黑子哥哥自己製作的，就憑這一點，就讓我對他佩服得五體投地。聽說，他在一家民辦玻璃廠的大門外，苦苦哀求了三天，廠長被這個七歲孩子的堅持精神所感動，給了他幾片方圓不成形的廢玻璃。他慢慢地用砂石磨了幾天，終於磨了五片長方形出來。然後，他請求他的爸爸，從工廠後勤組拿一些防水灰膏回家。黑子哥哥手很穩，心很細，花了大半天，把五片玻璃沾在一起，做成了一個像模像樣的金魚缸。

每天清早，黑子哥哥就會來到我的竹子床邊，在我耳邊輕輕地叫醒我。然後我們一起，輕手輕腳地溜出房間，生怕吵醒了他的父母。

我從集體廚房裡提出來一個小木桶，他從樓梯下面的暗隔房裡，扛出一根魚蟲網桿，我們說著笑著，就走到了離他家不遠的一個湖。

我問黑子哥哥，為什麼要起這麼早去撈魚蟲？

他告訴我，魚蟲怕太陽，只要太陽一出來，魚蟲就躲到湖底下了，那樣就很難撈。

暑假的日子裡，我們每天一起撈魚蟲，餵金魚，換水，還一起和魚兒們說著心裡話。漸漸地，有些大人們在背後嚼舌頭，看啦看啦，那屋的黑子和他家新來的鄉下小丫頭，天天出雙入對，就像是他們養著的魚缸裡的「墨龍」和「紅龍水泡」，一對小情

人耶！

　　老闆聽完，點頭又點頭，答應了我的請求。

　　老闆上飛機的那天，我送他去機場。然後，我回到公司，把他辦公室的那對可愛的小情人，連魚帶魚缸一起，放進我的汽車後箱，載回了家裡。從此，我就開始每天為這對小情人忙碌。

　　如今，我家的附近沒有湖，身邊也沒有了黑子哥哥，捞鱼蟲的日子一去不復返了。

　　老闆臨走時交代過，任何美國超級市場裡都有魚食賣，還有淨化水質的藥物。我家的附近倒是有一家很大的超級市場，我問了一位收銀員，她非常熱心地把我帶到放魚食的貨架前，其實就是在寵物食品架上，金魚是人們的寵物，和養狗一樣。老闆說，感恩節氣候開始變冷，要給金魚加水溫。公司裡有空調，所以四季如春，不需要加熱器。我又趕在冬季來臨之前，去寵物店裡買了加熱器，過濾板等等其它養魚工具。

　　哥迪是一條快樂無比的金魚，喜歡不停地在水裡游來游去，好像永遠都不知道疲倦，永遠都有用不完的精力。溫蒂比較文靜，游水的姿勢非常柔軟優美。腰部婀娜多姿地擺動著，帶動著長長的尾裙，柔柔地飄飛，就象是一位優秀的民族舞蹈演員，穿著一條長長的大擺紗裙，在舞台上翩翩起舞。溫蒂的舞姿，讓我的眼前浮現出文化大革命前的一個舞劇，「白蛇傳」，舞劇裡的白蛇扮演者和她那美妙無雙的舞姿，當年曾經迷倒了無數的舞蹈愛好者，溫蒂不僅文靜，飯量也比哥迪小。

　　每天早上，我上班之前，就會來到哥迪和溫蒂面前，向這對小情人問安。他們一見到我，就搖頭擺尾地游到我面前。我隔著

魚缸玻璃，用手摸摸他們，然後輕輕地敲幾下蓋子，這是我給他們的信號，「早餐來了！」哥迪有時候很自私，只顧自己大口大口地吃個不停。溫蒂在旁邊靜靜地等候，偶爾吃一口。有一次，還剩下最後一顆魚食，就在溫蒂的旁邊。溫蒂正要張口去吃，哥迪急急忙忙地遊了過來，溫蒂合上自己的嘴巴游開，哥迪大概知道了這是最後一顆，也不好意思地游開了。

這對小情人的禮讓，使我感到格外的溫馨，金魚尚知禮讓，反觀我們人類，有時候就會發生一些惡性相爭。

我下班後，回到家，開門進屋要做的第一件事情，就是去看看那對小情人。有時候下班很晚，魚缸裡黑乎乎的，我心痛的對這對小情人說，「對不起，回來晚了，讓你們挨餓受黑了。」我急忙打開魚缸蓋子上的照明燈，然後把晚餐給他們送上。這對小情人真是餓壞了，拚命地吃呀吃。吃飽了，就在水中緩緩地浮動，還輕輕地朝我點著頭搖著尾巴，好像是在對我說，「謝謝！」

哥迪時常也愛追逐溫蒂，如果溫蒂游開，他緊追不捨，如果溫蒂不理他，哥迪就圍著溫蒂轉啊，轉，逗著溫蒂開心。這恩愛的場面，讓我心中充滿了溫暖。

有一天，我問了好多的親戚朋友，終於打聽到了黑子哥哥的電話號碼。撥通號碼之後，才知道那是一個傳達室的電話號碼，工作人員請我稍候。等了幾分鐘，電話線那頭傳來了黑子哥哥久違的聲音。他驚訝地說，他不相信是我，竟然我還沒有忘記他！他問我過得好不好，什麼時候我們有機會重逢？我告訴他，時間走的太快，快到我們無法抓住想要的，還沒有時間想起，就已經

錯過了。我們只要是錯過了，那就是一輩子的錯過啊。

聊著聊著，我就提到，我家裡有一對小情人。黑子哥哥高興地說，「恭喜你，還那麼有閒情逸緻。」我問黑子哥哥，現在還有沒有養金魚，他幽默風趣地對我說，「我呀，現在是金魚沒有養了，專門養飛魚！」

黑子哥哥說，他很驕傲自己現在是一個有理想有能力的魚雷工程師！

隔壁家的老外婆

隔壁家的老外婆，年輕的時候是一個國文教師，後來做了全職太太和全職媽媽。她每天喜歡坐在門前的搖椅上，春天看花，夏夜賞月，秋天戲風，冬天觀雪。

我每天放學路過她坐的搖椅，只要是晴天，我都能夠看見她。我會停下回家的腳步，與她拉拉家常。老外婆的手裡總是拿著一本書，旁邊的小茶几上放著一瓶子茶。那是一個裝過其他食品的玻璃瓶，廢物利用不浪費，外面包著一層鉤花毛線瓶套，是老外婆自己親手勾織。鉤花毛線瓶套，可以保暖，也是一種工藝品，美觀實用。

中秋節來到了。

月光清涼，夜風微寒，樹影婆娑，秋蟲呢喃，我媽媽叫我去給老外婆送月餅。我看見隔壁家的老外婆坐在門前的搖椅上，身穿著一條寬鬆的粉紅色連衣裙。老外婆說，那是她年輕時候過生日，她親愛的丈夫送給她的生日禮物。老外婆的肩膀上還披著一條白色的凱斯米披風，那是她母親留下的物品，有些舊了，她不捨得丟。

我手裡捧著一盒五仁的月餅，老外婆很開心地說，你媽媽很有心，每年都會記得我，記得我最愛吃的就是五仁月餅。她接過我手中的月餅說，妮妮，過來陪老外婆坐坐，陪我看看天上的月

亮。我喜歡老外婆，她總是微笑著，她總是給我講故事，她滿肚子的才學。老外婆說，她要在皎潔的月光下，教我一篇詩詞，她問我願意不願意學。我對老外婆說，只要是她教我，什麼詩詞我都喜歡學。

然後，外婆就自言自語地吟誦起來……

「明月幾時有？把酒問青天。不知天上宮闕，今夕是何年。我欲乘風歸去，又恐瓊樓玉宇，高處不勝寒。起舞弄清影，何似在人間！轉朱閣，低綺戶，照無眠。不應有恨，何事長向別時圓？人有悲歡離合，月有陰晴圓缺，此事古難全。但願人長久，千里共嬋娟。」

這是蘇東坡的《水調歌頭》「明月幾時有」。

老外婆在吟誦之後，並沒有馬上教我，她繼續自言自語地說著：人生無常，歲月無情，生死離別，聚散依依。都說，只要兩心相惜，兩情相依，天涯海角方為鄰，天上人間方團聚。老外婆一陣感嘆之後，才開始教我，一句一句，非常耐心。

大大圓圓的月亮爬上樹梢。

我媽媽來到老外婆和我身邊，告訴老外婆該回屋裡休息了，也叫我回家睡覺。老外婆搖著我的雙手，讓我把詩詞吟誦一遍給媽媽聽，最後在老外婆和媽媽的誇獎之下，各自回屋休息了。

好溫馨的一個秋風明月之夜。

天剛朦朦亮的時候，我被「轟轟」的一陣汽車發動聲吵醒了。望了望窗外天際，我又昏昏地沉睡著。忽然，隔壁家的車房裡傳來急促，匆忙，慌亂的腳步聲，我以為自己還是在夢境之中，混混沌沌地又睡了去。

　　一束金燦燦的陽光，頑皮地在我的眼簾上撥弄著，我揉著眼睛起床，彷彿是從夢裡醒來。我依稀記得自己在夢中，夢見了老外婆，她那充滿笑容的臉，像月亮一樣的圓滿，像月光一樣的溫和。我夢見自己和老外婆一家人，一起在一個海邊賞月。老外婆坐在海邊小房子門前的搖椅上，一直在笑著，笑得很甜美，老外婆很美，和甜甜的歌女周璇很像。她的丈夫和女兒都在她身邊，老外婆在吟誦著蘇軾的《水調歌頭》。

　　老外婆的丈夫對老外婆輕輕地說，「秋涼了，我們回屋裡去吧。」老外婆還是甜甜地笑著，「我想看看月亮！該團圓了，該團圓了。」老外婆嘴裡輕輕的念叨著，也向她女兒輕輕地搖著手，看著她女兒走進海邊小屋。

　　那月光，如水一般的清純，如鏡一般的明亮。

　　我伸了伸懶腰，走到門口，老外婆沒有坐在搖椅上，空空的搖椅，在門前靜靜地望著過往的車輛和行人。微微的晨風，拂動著懸吊搖椅的鐵鏈，搖椅也隨之輕輕的搖著。我朝著老外婆的窗戶，大聲說，「早上好！老外婆，你起床了沒有？」屋裡沒有回應，我看著在微風中輕搖的空椅子，我的心裡空空的，和那搖椅一樣的空。

　　隔壁家門前的那張搖椅，是橡樹木頭做的，四根大腿粗的樹幹，支撐出兩個人字架，中間一根弧形的粗梁相連。那張搖椅就用兩條鐵鏈，吊在弧形的橫樑上。老外婆本家姓黃，夫家則姓王，在地方方言發音裡，黃王簡直分不清。時常聽見媽媽叫黃姓太太「老外婆，老外婆」，我也就學著媽媽這麼叫著老太太。

　　老外婆在這裡住了二十多年，那張搖椅是外婆的丈夫自己

親手做的。外婆一直叫她的丈夫是「親愛的」，丈夫早上去上班時，老外婆就坐在搖椅上，搖著手，看著丈夫遠去的影子。丈夫晚上歸家的時候，老外婆做好晚餐，坐在搖椅上，期待著於已經分離一天的丈夫相聚。鄰居們都說，老外婆和她的親愛的是恩愛的一對，老外婆和她丈夫二十年都沒有爭過，沒有吵過。老外婆很賢惠，也很溫順，給人就是一種小鳥依人的感覺。五年前的中秋節前夕，她丈夫去海邊的機場接女兒，他們都沒有回來。老外婆等著，坐在門前的搖椅上，等到月亮爬上了樹梢，都沒有等到他們。看著一輛警車停在了老外婆門前，車裡走出一男一女兩位警察，老太婆才得知，丈夫和女兒再也不能夠回來了。一場車禍，讓老太太的兩位摯愛去了天國，從此天上人間，兩相遙望。

據說，她丈夫出事的車上，還有一盒五仁月餅，丈夫在去機場之前，還去了超市購買月餅。

我走回自己家，拿起電話，給老外婆家打電話，電話鈴聲一直嘟嘟的，我掛斷後再撥打，還是沒有人接聽。我放下電話，開門出去，站到外婆家門口按門鈴，叮鈴鈴的門鈴聲十分清脆，如深山幽谷的迴音。老外婆沒有出來開門，我再按門鈴，十分鐘過去了，依然靜悄悄的，我茫然若失地回到自己家裡。

夜晚，窗外掛起來清冷的月亮，看上去有些淒美。

隔壁家的卷閘車門響了起來，我想，今天是不是老外婆被朋友接去逛街，或者是去朋友家串門回來了。自從丈夫和女兒離開，老外婆就再也不開車了。在美國，不開車的人，就如同沒有腿的人。我再次拿起電話，還沒有等到電話裡傳來任何聲音，我就迫不及待地說「老外婆，你回來了，今天你去哪裡了？」電

話的那一端，有人說話了，但不是外婆溫婉的聲音，是我媽媽渾厚的女中音。「我不是老外婆，你是妮妮？」我不好意思地說，「對不起，我以為是老外婆，我放學回家都沒有看見媽媽，你怎麼在老外婆家啊？」媽媽帶著濃濃的悲傷，帶著淒淒的哽咽說，「老外婆走了，今天上午走的。」

我又以為自己是在做夢，這不是真的吧。昨天外婆還坐在門前的搖椅上。她甜美的笑容，是那麼的生動，是那麼的清晰，她在月光之中的笑臉，像月下芙蓉花。

老外婆走了？

我的眼淚，開始在眼眶裡充盈起來，盈滿之後，就滴答滴答地滾落。「老外婆怎麼了？」我喃喃著。媽媽告訴我，老外婆半夜給她打電話，不停地念叨著，「團圓，團圓，團圓……」，她一再問外婆，有什麼事情，老外婆什麼都沒有說。媽媽不放心，放下電話就趕緊到老外婆家。

老外婆懷中抱著那一盒月餅，躺在床上神志不太清楚，可是嘴裡還是不停地說著「團圓，團圓」。後來，媽媽聽不到老外婆聲音，叫著老外婆也不答應，媽媽立刻打電話叫了救護車。老外婆被送去醫院時，已經完全沒有意識了。醫生給老外婆做全面檢查時，看見老外婆懷裡還抱著那盒月餅。

老外婆是中風了，腦血管破裂。媽媽回到家，不停地叨叨，老外婆去了，她去找她摯愛的家人團圓去了。

中秋月圓的日子，隔壁家的老外婆在天國裡，她帶著那盒五仁月餅。天上人間太遙遠，她想乘風而去，不再兩相遙戀。

一品香珍珠奶茶

　　不知道是哪一家店鋪，在美國的陽光加州，最早開始售賣珍珠奶茶。二十多年前我剛到美國的時候，還沒有聽說過這種飲品。在美國生活了幾年之後，不知不覺地突然發現，所有的中國人聚集的商業中心食品鋪和餐館，都在售賣珍珠奶茶，真可謂是風靡一時。

　　我在美國硅谷的一家高科技公司上班，而我的頂頭上司是一位頭髮禿頂的，四十開外的矮個子越南華僑。七十年代越南鬧動亂，他父母用金條換了海船票，讓二十出頭的他漂洋過海到美國。不會講英語的他，登陸美國之後，每天晚上堅持到免費的成人學校學習英語，三年之後就敢和美國人拉關係套近乎了。他跑到美國人的電子公司上班，從小電焊工干起，一腦子機靈的他，在美國公司裡節節上升，如今做到高級主管位子了。我是他面試過關簽字請到部門的新員工，上班才幾天，就發現我的這位上司，每天中午十一點半，猴著肩背，邁著方步，瀟瀟洒洒地準時來到我工作的格子間。因為我的上司個頭不高，他的頭就剛剛好和格子間隔板的高度一樣，他把頭輕輕地擱靠在隔板的邊緣，喉嚨半開半閉地擠出來一句，「莫麗，去幫我買杯珍珠奶茶來。」上司講的是夾生的中國話，帶著濃濃的越南腔調。美國公司裡明文規定，上班時間所有的工作人員必須講英語，我的上司在公司裡，只是這時候才偷偷小聲

地用中國話對我講。我的上司出生在越南，從來沒有去過中國，我好奇地問過他，「你怎麼能夠講中國話的？」他說，在越南的時候，父母送他去讀過一個學費不便宜的中文學校，據說只有富貴的中國家庭才能夠送孩子去那所學校。

在我的格子間門口，上司的雙手在他左右褲袋裡摸索了一陣，掏出了一張五元的美鈔，「要一品香的珍珠奶茶。」我的上司每次都要這樣叮囑著。他好像不用錢包，美鈔直接就放在口袋裡，而且口袋裡只有五元一張的美鈔，不然的話，他怎麼每次都會那麼準確地摸出一張五元的美鈔呢？我聽同事們背後議論過，我的上司是「氣管炎」，每天的零花錢都是跟太太討要的。太太是全職家庭主婦，而我的上司工資一定也不低啊，還要向太太伸手討錢？我當時是沒有想明白的。

拿了上司的五美元鈔票，我就乖乖地走出公司大門，到停車場發動自己的二手車，其實那個「一品香」離公司就兩個街口，走路也不過十幾分鐘，但是加州的天氣和暖，一杯冰的珍珠奶茶，我擔心十幾分鐘之後變成熱奶茶了，所以還是開車比較好。

到了「一品香」門口，看著排隊的人群，我手中捏著上司的那五元美鈔，耐心地跟在隊伍的尾巴上。五美元可以買兩杯珍珠奶茶，老闆說，另外的那一杯珍珠奶茶，算是送給我喝的，因為我跑來跑去，權當作是我的辛苦費。日復一日，月復一月，年復一年，一轉眼，我替上司跑腿買珍珠奶茶，有三年了。無論是陰是晴，是冬是春，只要上司那天上班，我也上班，這個鏡頭就一定會重複地出現在我的工作格子間。

珍珠奶茶，其實是一種很容易配製的飲料。一杯茶水，一勺

子冰塊，加進一些牛奶，然後再放進一勺豌豆大的，棕褐色的，膠質感覺的，澱粉或者豆粉製成的小丸子。成本嗎，我猜也不到一美元，但是很多店家的招牌上，明碼實價地索要兩塊半美元，當然還有鋪租，人工，其他雜費也不少啊。「一品香」門前天天都有人排隊，那個生意看起來不錯。

有一天，我開玩笑地對上司說，我想辭職去做珍珠奶茶的生意，如果一杯珍珠奶茶賺一塊美元，一天賣一百杯，遠遠比我在他手下打工的薪水高。我的上司，將他那厚重的大嘴歪斜到了一邊，不屑一顧地說，「你做的珍珠奶茶，恐怕一杯也賣不出去，還是老老實實地待在我手下幹活吧。」嘿呦喂，不就是茶裡放點奶，再加幾粒珠子嗎？有什麼難的，我的上司竟然這麼小看我這堂堂的學人，我有些傷感起來，嘴裡嘀咕著，「這輩子非要開一個奶茶鋪子，讓人瞧瞧我的本事」。

隔牆有耳，我鄰里格子間有位包打聽的黃阿媽，聽到了我和上司的對話。黃阿媽是香港人，早年全家移民來美國，她是公司的老員工了。在老闆離開之後，她就急顛顛地竄過來我的格子間，用她那厚肉的手半捂著嘴，對著我的耳朵嘟嘟地講了一個小秘密……

在我被聘請到這個公司工作以前，我的這位上司一直請公司裡的另外一位年輕美貌的女員工幫他去買珍珠奶茶，後來那個美貌的女員工除了給上司買珍珠奶茶，還想主動投懷送抱，想上司私下關照給她多加薪，結果是有「氣管炎」的上司不從，那個女員工就去公司上層告上司曾經想對她「非禮」。公司部門的其他員工都被一一叫到會議室裡單獨問話，最後的結果，好像並沒

有按照美貌的女員工的要求，倒是這個「非禮」的上司依然在公司上班，而那個美貌的女員工自己則灰溜溜地滾蛋了。在美國，任何公司都不能夠容忍員工之間的性騷擾問題，無論是上級和下級，還是同等級別的員工之間，一旦出現這類問題，絕不包庇，一律嚴重處理。

　　「為什麼上司自己不親自去買珍珠奶茶？」我好奇地問黃阿媽。已經快五十歲的黃阿媽，一臉咸濕的笑容，鬆軟的臉肉隨著笑聲而抖動，她眨著詭秘的眼睛對我說，「男人嗎，個個都是愛看漂亮的女人臉蛋的，雖然吃不到肉，還不能夠聞一聞香嗎？你看你，就是被上司看上的漂亮女人啊！」聽到黃阿媽這句話，我臉上一股熱流，肯定臉紅了，舉起右手來假意要打黃阿媽。她趕緊向後縮退，嘻嘻哈哈地繼續說：「哎哎……別動手啊，我說的是實話，瞧瞧你自己，長得跟那個紅樓夢裡的薛寶釵似的。」

　　那個「一品香」的老闆娘，人長得實在是有點對不起觀眾，可是老天爺是公平的，從一個人身上拿走了一樣東西，一定會給那個人另外一樣東西。老天爺眷顧那位其貌不揚的老闆娘，偏偏讓她的珍珠奶茶味道奇香，生意火紅。我們這位上司，幾乎嚐遍了美國硅谷所有的奶茶店，最後的結論就是，一品香的珍珠奶茶，是美國硅谷的奶茶之王。他從此就鎖定了「一品香」，奇香的珍珠奶茶天天想喝，但是他又不想要親自去欣賞那位老闆娘，所以就想到了找一位漂亮的女員工去幫他買珍珠奶茶。自從那個漂亮的女員工走了之後，上司有一段時間都沒有喝珍珠奶茶了，饞的他中午在辦公室裡坐立不安。黃阿媽告訴我，當初面試新員工的時候，上司叫部門的老員工都輪番面試新員工，確保找到一

位能夠好好乾活，性格老實本分，又願意繼續幫他買珍珠奶茶的新員工。我問黃阿媽，你們怎麼選上我了？上司就不怕我是第二個「騷擾」的員工嗎？黃阿媽不停地點著頭說，「怕，他怕得很，所以每次大家面試過一位求職者，就背後討論半天，在面試你的工作能力和技術之後，大家的意見統一了，都覺得，你應該是個面善心慈的姑娘」。嘿嘿，聽了黃阿媽這話，我心裡像吃了蜜糖般的，甜孜孜，美滋滋。

三年多來，我常常到「一品香」去買珍珠奶茶，和老闆娘開始熟識起來。老闆娘叫阿香，是廣東人，早年做姑娘的時候，在廣東鄉下沒有找著願意娶她進門的婆家，婚事一耽擱就是幾年，眼看著她是嫁不出去的老姑娘了，父母都愁白了頭。偏巧這時候，鄰村的媒婆找上門來，說是村裡一戶有海外關係的人家，在美國舊金山淘金的一個侄兒，工傷斷了一條腿，想娶個媳婦過去美國照顧那個殘廢侄兒，問阿香的父母願意不願意把女兒嫁到美國舊金山去。阿香的父母自然是捨不得女兒走那麼遠，但是又不想耽誤女兒一輩子的婚姻，好不容易現在有人找上門來娶阿香，父母還是勸阿香答應了這門婚事。媒婆遞過舊金山那位斷了腿的男人照片，模樣還說得過去，媒婆說那男人一輩子有工傷生活保證金，絕對不擔心沒有飯吃。阿香考慮了數日，就答應了這門婚事，從廣東鄉下嫁到了美國舊金山。

我從來就沒有感覺到「一品香」的老闆娘相貌如何不被人接納，每次去到「一品香」，總是看著她忙碌的身影在店鋪裡不停地流動著，她的臉上塗滿了溫和與慈祥的色調，她的一雙眼睛很小，但是讓人看到的是永遠都浮現著的微笑，她的鼻子又圓又大

地掛在臉的中央，像個壓著中線的乒乓球，上面掛滿了很多晶亮的汗珠，她的嘴唇很厚，嘴角拉得很寬，講話聲音很低沉，速度也很慢悠，她做事情有條不紊，不急不躁，是個很有耐心很可愛很親切的女人。

那天中午，艷陽高照，我和往日一樣來到「一品香」，門前依然是長龍的排隊，就在我快接近購買櫃檯的時候，一個五六歲大的黃頭髮小女孩，興高采烈地捧著一杯珍珠奶茶向店鋪門外跑，我心裡想，嘿嘿，如今這裡洋人也喜歡上「一品香」的珍珠奶茶。正想著，不知道怎麼了，那個小女孩將剛剛買到手的一杯珍珠奶茶，失手滑落到地上，油亮的珍珠滾落了一地。小女孩的母親，一個年輕漂亮的中國女人，看來剛才那個小女孩是混血的孩子，這位漂亮的中國女人對著那個可憐的小女孩大聲訓斥，「叫你別跑，你總是不聽話！」小女孩嚶嚶地抽泣起來。「一品香」的老闆娘急忙從櫃檯後走出來，左手拿著一個地拖，右手拿著一杯珍珠奶茶，柔聲地安慰著抽泣的小女孩，同時把她手中的奶茶遞到小女孩的手邊，「別哭啊，阿姨再送給你一杯，這次小心地拿好啊。」說完，阿香就開始清掃地上的奶茶。此時此刻，她那永遠都在微笑的面容，讓我覺得格外的親切，格外的美麗。生活中，我們每個人的心裡，都有一把自己對美麗的不同衡量尺度。

呵呵！看似簡單的一杯珍珠奶茶，其實並不簡單，這杯奶茶的味道，在你了解到許多背後的故事之後，才能夠真正地品味出最香甜的味道。

親情之旅

感恩有孩子陪伴

　　聖誕節之夜，孩子們挑選了一家日本餐館，我們一起共享節日團聚晚宴。

　　開車來到日本餐館所在的青柳購物中心，停車之後，我下車才意識到，二十四年前我曾經帶孩子們來過這個青柳購物中心。看著那間聖誕節霓虹燈裝飾著的「心裡美」電影院，還有電影院旁邊的那家「山崗客」烤披沙餐館，二十四年了，這兩家依然還在這個購物中心裡營業著。

　　孩子們詢問我，媽媽什麼時候來過這裡？為什麼帶我們來這裡？我們怎麼完全不記得小時候來過這裡？我激動地回憶著，孩子們，二十四年前，日本的動漫電影「POKEMON」第一部電影上線播放，很多大的購物城世紀電影院票售空，我無意之下看到這個小小的青柳購物中心裡有個小小的電影院，依然還有不多的票在售。於是，我立刻買了票，開車接孩子們前來觀看他們喜愛的電影。電影散場之後，我們還在旁邊的這家披沙餐館點了一個大披沙分享。

　　孩子們楞楞地看著我，這是真的嗎？我們怎麼都不記得了？我們只記得，我們的確是看過這部童年時期我們最喜愛的動漫電影，但是在哪裡看的，何時看的，我們完全不記得了！

　　人的記憶究竟可以追溯到多少年以前？人們還能夠記得多少

小時候曾經經歷過的事情？

其實，我有時候剛剛做完的事情，一轉身就可能忘記了。但是，有些陳年舊事，我卻是刻骨銘心地記得。例如，我對於二十四年前帶孩子們來這個購物中心，看這部他們急切想看的電影，記得清清楚楚。這是為什麼呢？我想，是因為我是一位母親。我想，當時我為了孩子們能夠看到這部動漫電影，花了許多時間和心思。我找遍了全城的電影院，終於在這個不起眼的小購物中心裡的小小電影院，為孩子們買到了電影票。我想，當我站在售票窗口，手裡握著電影票的時候，我的心裡有多麼的開心，多麼的慶幸。

可是，孩子們卻完全不記得當年的事情，除了他們記得看過那個動漫電影。

當年，孩子們最開心的時刻，是我把他們帶進了電影院，是電影開始放映時，那部動漫電影的故事讓他們激動和興奮。與我這個母親的記憶重點不同，我更關心的是能夠買到票，能夠滿足孩子們的渴望與快樂，是我這個作為母親的最大快樂！我的開心重點，不是我要看電影，也不是這部動漫電影情節對我有多少感動！

我漸漸意識到了，我過去所有的快樂，都是孩子們帶給我的。我的大部分生活，都是孩子們在陪伴我，不斷地給我驚喜與快樂，讓我的生命充滿了幸福與愛！

當我懷孕的時候，快樂的時光就是，我輕輕撫摸著一天天隆起的腹部，暢想著自己要當母親了。當我在產房痛苦地掙扎著，快樂的時刻就是，醫生告訴我孩子順利出生了，母子平安健康！當我半夜起床給哭泣的孩子餵奶換尿布，看著孩子吃飽後惡惡地

熟睡的粉紅笑臉，我心裡充滿了幸福與快樂。當我給孩子報名上
小學的時候，心裡充滿了期待與開心，孩子終於長大了，孩子終
於要從我懷裡落地，自己面對陌生的學校老師與同學。每天晚
上，我最關心的事情，就是詢問孩子在學校的事情，當孩子眉飛
色舞地描繪著學校趣事，我的開心與幸福感爆棚。孩子們學鋼琴
的時候，我坐在旁邊，年復一年，孩子們彈出的每一個音符，無
論是難聽還是流暢，都讓我心裡充滿快樂，我享受的是孩子們刻
苦努力的模樣，認認真真的練習過程。孩子們上大學去了，我最
開心和快樂的時刻，就是等待孩子們放假回家。我心裡充滿甜蜜
和幸福地去超市購物，我要購買孩子們喜歡的食物。在孩子們從
機場到達廳走出來的時候，我激動而幸福地擁抱在學校辛苦了半
年孩子們。

　　我所有的快樂，都與孩子們有關。是孩子們陪伴了我的生
命，是孩子們給予了我快樂，是孩子們讓我的生活充滿期盼，讓
我每天忙碌並快樂著。是孩子們激勵我努力工作和掙錢，因為我
掙的每分錢，都能夠讓孩子們成長無憂。孩子們的每一個進步，
每一個成就，都給了我萬分的喜悅！

　　孩子們是我的天使，是神派到我身邊的天使，我非常感恩！
謝謝你們，我的孩子們，我的天使們，願你們的明天，也有我一
樣的幸福與快樂！

母親對我的嘮叨

母親喜歡對我嘮叨，彷彿我做什麼都是錯的，這讓我從小到大都感覺很沮喪。我一直以為自己太笨，無論怎樣努力去做，母親總是不滿意，總能夠從我做的任何事情裡面挑出毛病，然後嘮嘮叨叨地重複再重複教導我。直到很多年之後，自己有了孩子，自己做了母親，自己也開始不由自主的嘮嘮叨叨，我才開始明白了一個母親的心情，我漸漸理解了母親的嘮嘮叨叨，那是一種無私的母愛的流露。可是，母親在我結婚生子後的一個月，就駕鶴仙逝了。我後悔小時候的不懂事，後悔對母親的不理解，等我明白母親的時候，等我想對母親說道謝和感恩的時候，一切都晚了。我的後悔，只能讓我加深了對母親的思念。

那年中學畢業了，我要去外地上學，從我拿到入學通知書的那天開始，母親的嘮叨就在我耳邊響個不停。母親說我從小就怕蚊子，她需要去買一床新的蚊帳，還要給我準備幾盒萬金油。我就要遠離父母，父親特地借了一輛工廠的貨車，他要拉著我的一堆行李去火車站。母親堅持要跟著我去學校，她實在是不放心我，非要去學校幫我安頓好一切，還要看看學校的環境。到達學校之後，母親一手包辦我所有的入學手續。來到學生宿舍後，母親忙著幫我掛好了蚊帳，鋪好了床上用品，還去打好熱水，讓我洗臉。母親的無微不至，母親的細心體貼，母親的不厭其煩，母親的嘮嘮叨叨，對於

當時的我，那真是叫做，我生在福中不知福。

　　母親在學校裡忙來忙去，將我的一切學校生活用品安頓妥當之後，母親就要離開學校了。我把母親送到學校大門口，母親又對我叨叨了好久，我則是左邊耳朵聽著，右邊耳朵放棄，母親終於轉身準備離開，那一霎那間，我好像看見母親的眼中含著淚水，我似乎對母親的愛略懂了一點，又似乎不是很明白母親對我做了這麼多。我還是不知道感恩，想著母親是不是必要這樣做，我可以自己做啊。

　　很多年以後，當我的女兒要去很遠的地方上學的時候，我的母親彷彿回到了我身邊，住進來我的身體，她貼身教導著我，使得我做著與母親當年一模一樣的事情。我堅持要陪著我女兒去學校，我堅持要看看我女兒學校的生活學習環境，我不放心女兒，想要幫她安排一切。學校的校園很大，我不停地嘮叨，叫女兒每天準備好鬧鐘，上課千萬不要遲到。女兒說有些課是在晚上的，我又不停地嘮叨，走夜路一定要小心，要約幾個同學一起走，要在有燈光的區域走。學校食堂都是西式的食品，我擔心女兒吃不習慣，非要去很遠的東方超市，買了一大堆的東方食品。

　　我的母親復活了，活在我的身體裡，活在我的靈魂裡，活在我每天的一言一行之中。

母親的桐油雨傘

　　望著窗外，天空漂浮著的是陰冷的濃雲，陰了幾天了，太陽被濃雲隔離在天外。

　　我想著，是不是應該給母親買束花？我想著，是不是應該代表她的兒子們，在清明節的時候，去墓地給母親盡一份孝，上一柱香？有個聲音在我耳邊響起，那麼熟悉的聲音，是大哥，是白髮人送黑髮人悲傷。於是，我拿了錢包往褲兜裡一塞，鎖了房門下了樓，來到巷子口的小超市，買了一捧黃菊。

　　母親在世的時候，常常罵我們三個孩子，「我活著的時候，你們都沒有盡過孝心，那麼你們是等著你媽死了之後，才會來給媽盡孝嗎？瞧瞧你們那不讓媽省心的樣子，這麼做有意思嗎？」母親為人簡單，說話也平實。

　　是啊，母親在世的時候，我們三個孩子，都在各顧各的忙著自己的生活，從來不會為母親做點什麼。我們知道自己很自私，小時候，除了給母親添麻煩，從來就沒有幫母親做過事情，還經常讓母親不能夠省心，更別提什麼盡孝心了。

　　想給母親盡孝的時候，母親真的就不在了。

　　坐上了到墓園去的汽車，快到墓地的時候，天空淅淅瀝瀝的下起了雨，雨滴像彈子珠球一樣，打到我身上有點生痛。明明知道是陰天，明明知道天氣預報說會有中雨，出門的時候，我依然

忘記帶上一把雨傘。說是忘記，其實並不正確，因為，我就不喜歡帶著雨傘出門，感覺手上多一個累贅，不自由。從小到大，我習慣了出門不帶傘，還有一個原因就是，母親身邊永遠都有一把傘。

母親說，「飽帶乾糧，晴帶雨傘。」

無論是天晴還是下雨，母親出門時候，一定會帶著餅乾，帶著雨傘。母親的雨傘，那是一個黃桐油漆雨傘，用來很多很多年的雨傘，已經成為了她人生的一個標誌性的特徵。大老遠的，老鄰居們都能夠認出母親，就是因為母親手中的那把雨傘。她時而將雨傘拿在手中，時而夾在嘎吱窩處，有時候要買東西，他把雨傘放在腳背上，用腳勾著。

我回憶著，小時候，我從幼兒園放學，晴天都是自己走回家，下雨的時候，母親一定會在門口接我。等我長大了，小學放學，中學放學，參加工作下班，甚至是當我在電影院看完一場電影的時候，只要有一場突然來臨的雨，母親和她的雨傘，就會出現在我的面前。只有在上大學遠離母親的時候，我經歷了許多次的下雨天，時常被雨水澆淋的像一隻落湯雞。我習慣了母親的雨傘，沒有了母親，我真的不習慣。

走在雨中，我來到母親的墓碑前面，我已經渾身被雨水澆淋透了。獻上我手中帶著雨滴的鮮花，我的喉嚨哽咽了，「媽，我知道你又在罵我了，死鬼，下雨也不記得帶把雨傘。」

有一年，母親帶著她的雨傘，在工作單位大門口等我，見到我，她立刻撐開雨傘，當著許多的同事面前，第一句話就是，死鬼，下雨也不記得帶把雨傘。後來，同事們在公司裡笑了我幾天，把我搞得很不自在。

　　看著墓碑上母親的照片，那是一張疲勞與辛勞的滄桑模糊的臉。母親不愛照相，準確地說，母親應該是沒有錢照相，沒有必要照相。那個年代，家家都是勉強活著，照不照相都沒有意義。只到政府出台新政，為了取得合法的身份證，政府要求每個公民都要有一張標準照。所以，母親不得不被照相了，這是我唯一的一次，說服了母親，帶著母親去身份證照相指定地點，讓母親拍了她的標準照。幸虧有這樣一張標準照，我們才能夠在墓碑上看到母親的照片。

　　母親沒有結婚照，和父親結婚的時候，就是給隔壁鄰居發了一把結婚喜糖。他們到政府部門領了結婚證，經過了很多曲折的經歷，母親把戶口從農村轉到了城裡，並且接替了父親，經營一個十平方門面的雜貨店，做了雜貨店的老闆娘。父親把生意讓位於母親，是因為他經歷了一場車禍，父親下肢截癱，沒有辦法自己出門去做生意。父親著急忙慌地託人做媒，看上了老實吃苦的母親，馬上就同意娶她，給了鄉下養父親和媒人幾百塊錢。母親嫁過來，就開始照顧一個癱子男人，從此，她一輩子都沒有休息過一天。

　　我們住在城市與農村的交界地段，離家不遠處那裡有一個池塘。一個陰雨天，我和小朋友在池塘附近追逐玩耍，我掉進了池塘裡。街房鄰居有人看見，就給我母親通風報信了，很快，母親拿著她的雨傘就飛奔而來。母親到了池塘邊，扔了雨傘就跳進池塘，我們街坊的人都知道母親不會游泳，那時候的母親，在水裡像一條巨龍，撲騰著把我拽到岸邊。母親把我摟在懷裡，撐著雨傘為我擋住人們投來的好奇目光。母親把我帶回家，忍不住她的

家罵，「死鬼，你想去池塘裡找死啊！媽都還沒有死，不許你先去死，以後不許去池塘那邊玩。」

我大哥十八歲參軍了。

母親帶著她的雨傘，送大哥到城裡的軍需火車站，就在大哥準備道別的時候，母親問，「死鬼，這雨傘你要不要帶去呀？部隊上發不發雨傘？」我大哥一臉尷尬地對著母親說，「那部隊上什麼都有，不稀罕你這破傘。」

回到家裡，母親眼裡含淚地說，「那死鬼這一走，還不知道什麼時候才能夠回得了家，那些越南人肯定很壞，他們饒不了中國這些年輕的孩子們啊。」

我是後來才想明白一些事情，那時候，母親想讓大哥帶著雨傘，是為了給大哥做個紀念，這雨傘就是代表著母親自己，大哥在部隊裡，如果想家了，想母親了，就看看母親的雨傘，彷彿看到了母親一樣。

有一天，天上開了一個窗，傾盆大雨潑向人間。居委會帶著幾個穿軍裝的部隊人，把大哥的骨灰送到我們家了。母親一滴眼淚也沒有當著人家的面流，等到大家要離開的時候，母親撐開她的那把桐油雨傘，給部隊上的頭頭人擋著雨水，送他們上了吉普車。送走了客人，母親一手抱著大哥的骨灰，一手撐著她的雨傘，站在雨中，從默默地抽泣到嚎啕大哭，哭得驚天動地。「你個死鬼啊，媽媽送你的時候就害怕，我就知道你會死在那個鬼地方。嗚嗚嗚！」母親的臉上都是水，不知道是淚水還是雨水，像水簾子一樣掛在臉上。

我家小弟是高中籃球隊員，每天都會在學校與隊友們訓練。

一天，小弟回家時，他的褲腿子上開了一個窗，母親責罵到，「死鬼，你是打球還是耍刀子，這新褲子沒有穿幾天就破了大洞。」小弟狡辯著說，「今天下雨，籃球場地太滑了。」

母親撐著雨傘，到百貨公司給弟弟買了一條新褲子，那條破褲子，打了補丁，從此就套在了母親身上。

一個春雨綿綿的清晨，母親撐著雨傘去買菜，她在回家的路上，忽然暈倒了，雨傘和菜籃子滾落在大街上。好心的路人們叫了救護車，把母親送到城市醫院，我和小弟也急急忙忙趕到醫院。

母親躺在潔白的病床上，「你們兩個死鬼，怎麼頭上身上都濕淋淋的，外面還在下雨嗎？有沒有看到我的雨傘？」母親想要探起身來。

我們想哭，但是我們知道哭是沒有用的，剛剛在主治醫生辦公室，醫生已經告訴我們，母親得了腦癌，最多還有三個月的生命。我們坐在母親的病床前，輕輕握起母親長滿堅硬老繭的手，那隻手，在我童年的記憶裡，從來就沒有像別人的母親那樣白嫩和柔軟過。

母親拉著我的手說，「死鬼，讓媽躺在這個鬼房間裡幹啥？我要回家，你爸還等著我煮飯呢，雜貨店一會還要開門呢。」

我嘆息了一聲，看著母親臉上讓歲月的刀雕刻出來的溝溝坎坎，「媽，您都煮了二十多年的飯了，您都開了二十多年的店門了，今天您就好好休息一下，好好躺在這裡，好嗎？」

母親不停地搖著頭，「我躺在這裡，你爸怎麼辦？還是讓我回家吧。」

母親沒有熬過醫生說的三個月，他只堅持活了三個星期的時

間。母親走了，母親走的時候，我把母親的雨傘給她帶來了，還給母親帶了一袋她最喜歡的檸檬口味餅乾，因為母親說過：「飽帶乾糧，晴帶雨傘。」

　　天空明明還在下著雨，我感覺到自己的頭頂上，忽然是一片晴天。我抹去眼角的淚水和雨水，將我的視線從母親的墓碑移開，抬起頭向天空張望去，那是一把雨傘，一把母親的雨傘，為我在擋雨。

　　一個年輕端莊的母親，牽著一個童稚淘氣的小男孩，撐著一把花色雨傘，默默地站在我的身後。

不能夠沒有香火

　　奶奶家珍，五歲的時候就被父母賣到趙家當童養媳，女孩子的命運，在封建的重男輕女社會是可悲的。家珍十四歲那年，與趙家的獨子趙得龍圓了房，也沒有熱鬧的喜宴，趙得龍就迫不及待地要睡家珍。

　　一晃幾年過去了，家珍生了三個丫頭，趙家非常不滿意，想著納妾。誰知道，家珍的肚子又鼓鼓的了，這次肚子很爭氣，人人都說是個兒子。

　　趙得龍吃完晚餐，躺在床上哼著小曲。身旁做針線的家珍，大喊大叫，突然肚子陣痛起來，「得龍，得龍，趕快去趙河去叫產婆！」

　　這是家珍的第四胎，所以生得很快，不到半夜，孩子就哇哇出世。趙得龍終於抱上了胎脂未清的兒子，趙家人開心得像過年。家珍氣息微弱的說，趙得龍，給兒子起個名字吧。趙得龍想來想去，忽然想起上午聽大喇叭廣播裡宣傳：中華人民共和國成立了！趙得龍興奮地告訴家珍，就叫我們的兒子趙建國吧！

　　趙建國在萬般寵愛之中長大了，三個姐姐包攬了趙家所有的家務，所有的農活，所有的照顧弟弟。趙家所有的好吃食品，都由趙建國先吃，剩下的食品，姐姐們才可以吃。各種大運動，與趙建國完全沒有關係，姐姐們的糧票和布票，都要優先給趙建國

享用。唯獨有一個運動，沒有放過趙建國，他被上山下鄉了。

多年以後的一天。

「媽媽，媽媽，我們回來了。」上山下鄉多年的知青趙建國返城了，他在農場結識了妻子李援朝，妻子已經懷孕七個月了。

「快進裡屋休息，我那未出世的孫子被一路顛簸壞了。」母親家珍拉著媳婦就往臥室去，「我們老倆口從今天起睡客廳。」

一個月之後，李援朝在醫院生了，這是早產。

「媽，是個帶丁丁的。」趙建國激動地對母親說。

「太好了！」家珍已經在醫院產房門口等了大半天，一聽到兒子趙建國的報喜，樂得合不上嘴。

「媽，您給孫兒起個名字吧。」趙建國開心地請求著。

「這年頭，我們國家就要開始大幹快幹，繁榮富強了。我就給我的寶貝孫子起名榮強！好嗎？」家珍高興地對兒子說。

家珍的丈夫趙得龍兩年前已經病逝了，胃癌。

自從有了孫子趙榮強出生，孝子趙建國就把老母親家珍接到家裡，幫助照顧孫子的同時，家珍也可以得到兒子趙建國的照顧。

又過了好多年。

適逢老母親家珍八十高壽，兒子趙建國決定給母親舉行慶賀宴席。孫子趙榮強攜帶著自己的妻子胡玫和女兒趙香迪，從深圳飛回來家鄉，為老祖母八十大壽祝福。老壽星家珍看著孫子一家人，搖頭嘆息地告訴孫子，「榮強啊，你得再生一個啊，你一定要再生個兒子啊，我們趙家的香火啊，不能夠沒有香火啊！」

「奶奶，國家有政策的，現在只能夠生一個。奶奶，時代已經不同了，無所謂什麼香火的，我們都是國家的棟樑，不是趙家的私

有財產，生男生女都一樣。」孫子趙榮強耐心地跟奶奶解釋著。

八十大壽之宴後，奶奶家珍住院了。

早上，醫生查房後，對趙建國和趙榮強說，你們開始準備後事吧。

「奶奶病危通知下來了，榮強，你趕緊把你媳婦叫回來，之前奶奶一直在嘴裡念叨她，說要見她，快讓她來見奶奶最後一面！」趙建國對兒子趙榮強催促著。

「爸，我媳婦剛完成手上的項目，她馬上飛回來。」趙榮強回答父親。

第二天晚上，趙榮強的媳婦和女兒下了飛機，在機場直接叫了出租車去醫院，連行李都沒有放回家。

「奶奶，奶奶，我們來看你來了。」孫媳婦胡玫趴在奶奶的病床前，輕輕地呼叫著。

昏迷了幾天的奶奶家珍，突然睜開了爬滿皺紋的雙眼皮，眼睛直勾勾地看著孫媳婦，又看看旁邊的孫女趙香迪，「我們趙家不能夠沒有香火啊，不能夠沒有香火啊，不能夠沒有香火啊！」

趙榮強不停地給媳婦使眼色，可是媳婦沒有撲捉到他的意思，趙榮強只好也走到媳婦旁邊，也趴在病床前，「奶奶，奶奶，你放心吧，我們國家政府已經開放給老百姓生二胎了。你的孫媳婦她已經懷上了，是個帶丁丁的，過幾個月就要生了。」

聽了孫子趙榮強的話，病床上的奶奶家珍，看了看他們一家三口，安祥地合上了雙眼。

悠然樂居愛滿屯

愛滿屯（Almaden）山谷，其實不是一個人人皆知的地方，但確是我最喜愛和樂居的地方。

美國硅谷高科技蓬勃發展的那年，我懷孕了。先生說，他的父母想在小孫子出生之後，和我們住在一起，這樣既可以幫助我們照顧出生的孩子，也可以讓他們的老年生活不會孤單寂寞。想想也是，先生和我都是硅谷高科技公司的上班族，孩子出生之後的確需要找人照顧。於是，我們以後每一個周末的家庭活動，就聚焦在了尋找一個足夠三代人共同居住的大房屋上了。

從硅谷北部地區到南部地區，從太平洋海岸邊到硅谷地區的山谷盆地，我們的足跡踏踩在硅谷居民區的每一塊土地上。每當我們來到一處掛牌售賣的房屋前，我都迫不急待地催促先生趕快下單，帶我們看房的經紀人一次又一次把下單合約交到我手中，多次的下單都因為買家爭搶和瘋狂加價，而讓我們失去了購到心意房屋的機會。當時的房屋交易市場非常的火爆，我一直在擔憂著到孩子出生的時候，是否依然住無所居。

也許老天爺聽到了我心中的訴求，有一天，在公司裡一起工作的朋友惠告訴我們，在硅谷最南部的地區，有一個叫作「愛滿屯」的山谷裡，一家美國著名的房屋開發商正在籌劃建造千戶獨立別墅，讓我們趕快去看看。

　　這位朋友自己的家就在那個愛滿屯山谷裡，十年前她就住在那裡了，因為她的先生在附近唯一的一家高科技公司上班。她告訴我們，因為那個地區在硅谷的人們看來，有些偏僻，離硅谷的很多高科技公司都比較遠，交通不太方便。通向愛滿屯山谷的道路只有一條，連小偷都不願意光顧這個地區，害怕被警察堵在那唯一的道路上，難以脫逃。這個地區附近也沒有什麼繁華熱鬧的商業購物城，對於大部分生活在美國的華人來說，容易改變的是身上的洋裝和嘴裡的洋腔，卻很難改變自己的中國胃，想買點中國風味的食品，都要開車一個多小時才能夠找到華人超市。不是住在那裡的居民，幾乎沒有什麼人會前往那個地區，從計劃買房以來，我們看了不少地區的房屋，還真的沒有聽說過這個「愛滿屯」地區，就是一直帶我們看房子的經紀人也沒有提到過這個地區。

　　知道「愛滿屯」的山谷裡要建千戶獨立別墅這個消息後，我們全家都很興奮。先生說，他從小是在偏僻的小村莊裡長大的，現在又有機會找回童年的感覺了！

　　先生的父母說，來到美國多年，還從來沒有住過新房子，這次要跟隨著即將出生的小孫兒沾光了！

　　我父親從中國來信提到，如果能夠買上這個地區的新房子，是否他也能夠來這裡住上一段美妙的日子！

　　朋友惠也希望我們買到這裡的房子，她也可以多一個熟悉的新鄰居！

　　清晨全家人不約而同地早早醒來，匆匆地享用了幾片麵包和一杯牛奶，全家擠進一輛破舊的小汽車裡，興沖沖地前往「愛滿屯」的山谷。

　　從高速公路一直向南開了半個多小時，我們由花香大道下高
速公路出來，沿街成行茂密的梧桐樹和旱柳，在晨曦柔和的陽光
中寧靜地微笑。花香大道，是大硅谷這個地區最南部的一條橫貫
東西的車道，大道兩旁曾經是花香果香飄滿的百果園，東起101號
高速公路，西至17號高速公路，在正中心的地段與愛滿屯大道相
交錯。愛滿屯大道是一條南北走向的大道，與101號和17號高速公
路平行，北起硅谷重鎮聖荷西市區中心最繁華的行政區，南至鬱
鬱蔥蔥的花香大道。

　　據歷史的記載：1820年，墨西哥居民在愛滿屯的山谷地裡
發現了一種紅色的礦石，他們把這些石頭建築在自己的家園牆壁
上。1845年，一位墨西哥軍隊高級將領路過此地，無意間看到這
種神奇的紅礦石，他派人開鑿了幾條隧道，發現了一些山洞裡有
更多這樣的紅色礦石，還有一些前人的屍骸和工具。這位將領返
回墨西哥政府所在地，向政府遞交了擁有這些礦石的所有權和開
採權的申請。後來，美墨戰爭爆發，墨西哥戰後將加利福利亞這
塊福地割讓給了美國，墨西哥軍隊高級將領無法前來申訴他的發
現和擁有權，美國的巴羅先生和富比斯先生花錢從政府手裡購得
了這個地區土地所有權許可。1863年，愛滿屯大道從花香大道交
接處向南延伸，銀溪開礦公司開採的礦石，只能夠通過馬車來運
輸到北部的港口，這條馬車道就是現在的愛滿屯大道前身。1886
年，美國南太平洋鐵路公司，修建了一條單軌鐵路，從愛滿屯
山谷裡的礦區直通到重鎮聖荷西市區中心，然後連接到北部的港
口。當時的火車時間表上，從愛滿屯山谷裡的礦區到重鎮聖荷西
市區中心，每周來回只有一班車，一天載著客人和生活必需品來

到礦區，另外一天滿載著水銀礦石開出礦區。

　　隨著美國汽車工業的蓬勃發展，鐵路運輸逐漸被廢棄了，愛滿屯大道第一次經歷了最繁忙的時代，人們駕著馬車，開著汽車，每天不停地穿梭往來在這條塵土飛揚的大道上。1912年，銀溪開礦公司破產了，第二次世界大戰之後，這個銀礦基本就被廢棄了，曾經的輝煌如過眼的雲煙，愛滿屯大道上飛揚的塵土終於開始了平靜的沉睡，那段轟轟烈烈的歷史也開始被人們遺忘。

　　我們第一次驅車行駛在這條百年歷史的愛滿屯大道上，絲毫不知道這條大道的過去曾經如此的輝煌。十五分鐘之後，我們到達了愛滿屯山谷那個「千戶別墅計劃」的房地產開發公司售房辦公室。沒有料想到，我們起了一個大早，卻趕了一個晚集。房地產開發公司售房辦公室的門前人山人海，聚集了數百人之眾，都是前來看房和買房的，而當天房地產開發公司所要推出來的新房子只有十八幢。十八幢房子，數百人前來認購！

　　天啊！我們聽到看到這樣的情景，驚嘆得目瞪口呆。先生拼了命擠過水泄不通的人群，擠到辦公室裡面，向辦公室銷售人員打聽情況，得知開發公司準備以抽籤的方式來決定買主。還有十分鐘抽籤就開始了，辦公室銷售人員用手提的擴音器向人群呼喊：大家都不要擁擠，也不要爭搶，自覺排成單線隊伍。所有在場的人們，都有機會抽籤，每家只需要一個人排隊抽籤，我們會登記抽籤人的駕駛執照。

　　銷售人員將數百張白紙條摺疊著，發放給了前來認購的所有人，當人們打開自己手中的紙條，如果看到紙條上有房地產開發公司的印章，就可以留下來等候下一步的抽籤。如果只是一張白

紙條，這些人就可以離去，或者依然希望購買此地別墅的人們，三個月之後再來抽籤。剛才一片人聲鼎沸的熱鬧場景，在打開白紙條幾分鐘之後，開始變得百態皆有了。有些人在失望中默默地離開，也有些人歡呼雀躍地揮舞著手中的紙條，興奮無比地歡呼「我抽中了！」還有些人雖然沒有抽到房地產開發公司的印章，確也不甘心馬上離開。我先生，就是那歡呼雀躍地揮舞著手中紙條的人之一，他興奮得像個三歲的孩子，剛剛得到了自己喜愛的巧克力。

　　拿著有印章紙條的人們，興奮而乖巧地隨著銷售人員走進了房地產開發公司售房辦公室，大家相互地看著，看著，看著。忽然間，剛才興奮不已的表情冷卻了下來，辦公室裡不是十八位購房者，而是三十位?!大家的臉上滿是疑惑。這期不是只有十八幢房子嗎？現在坐在辦公室裡面的是三十位購房者，那麼應該有十二位是無法購買的，這是怎麼回事？

　　銷售人員開始向疑惑的購房者們解釋，儘管只有十八幢房子，他們必須預算一部分候補購房者，萬一現在有人臨時改變購房主意，想要退出，這些候補者就可以替補購買。想不到，房地產開發公司銷售領導層思維如此機敏老道，令人嘆服！

　　銷售人員開始向三十位購房者發出了第二次的抽籤紙條，紙條上印刷有1到30的數字，抽到數字1到18的購房者如果確認想購房，就選擇自己喜歡的房型，然後到購房部財務辦公室交12000美元定金，辦理認購合同。

　　我先生抽到的號碼是「19」，當時他就傻眼了，臉色菜青。十八幢房子，抽到19號?!老天爺不是在給自己開玩笑吧？

　　我安慰他，老天爺一定會保佑我們，今天我們一定能夠認購到房子，因為交房日期是半年之後，而我們的孩子也將會在那個時候出生！求老天爺保佑！

　　我們屏住呼吸，焦心地在辦公室裡等待前面十八位購房者認購的消息。1號，2號……18號！時間一分一秒地數著過去，辦公室裡的空調溫度充滿涼意，而我們的額頭卻在冒汗。19號，19號！我們聽到銷售人員在叫19號，簡直不敢相信是真的，銷售人員又大聲地叫了一次：19號在不在？

　　我先生才搖著手中的19號紙條，像一隻企鵝一樣搖搖擺擺地向銷售人員奔了過去！後來我們了解到，前面的認購者之中，有兩位購房者因為沒有選到自己喜愛的房型，而放棄了購房資格。這樣，我們才有機會替補上來，當我們看到所剩下的兩幢別墅，一幢在街道的路口上，將來車輛行駛繁多，一定會有不少噪音干擾，另外一幢別墅，面積是這十八幢別墅裡最小的一幢。我們決定選擇最小那幢別墅，不靠近路口，已經足夠我們一家三代人住了，後花園和客廳廚房大一點小一點，應該不是什麼大問題。

　　交付了12000美元的定金，簽署了購房合同，一家人在返程的路上，就迫不及待地開始計劃，自己要住在新家裡的哪個房間了，窗帘要安裝什麼色調，傢具要配置什麼款式，等等，等等。

　　人生的幸福不過如此，努力拼搏，謀得基本的「衣食住行」！

　　半年之後，我們住進了愛滿屯的新家，環顧新家周圍的環境，我們充滿了喜悅和滿足。新家的大門朝南，每個晴朗的日子都沐浴在加州明亮燦爛的陽光之中。

　　大門外不遠處是愛滿屯西南部秀美的銀溪山脈，這裡是一個縣

市管轄的公共免費公園，每天都有附近或者遠方來的登山者出沒。銀溪山後面是更高一些的霧茫山，我們經常能夠觀賞到白雲繚繞山頭的溫馨美景，百年前居住在山上的印地安人稱呼此山為蜂鳥之家，蜂鳥的美麗身影依舊可以在我們的新家後花園裡捕捉到。

霧茫山頂的最高峰，有一座五層樓高的立方體水泥塔樓，據傳這塔樓曾經是美國空軍1958年到1980年期間，駐守在愛滿屯地區的一個雷達監視站，也是氣象檢測工作站，當時正是美國與世界其他超級大國之間的冷戰時期，美國人擔心入侵者會有所不軌。

在愛滿屯的青山綠樹環抱之中，孩子順利地來到了新家。先生的父母，每天開始了忙碌的生活，做飯洗衣，帶著孫子在愛滿屯附近的居民小區散步。閑暇之時，也會上山去享受一番大自然清新的氣息。

幾年之後「千戶別墅計劃」完工，小區的人口增長了不少，這也讓愛滿屯山谷在第一次淘礦熱潮隱退之後，形成了第二次蓬勃興旺的熱潮。新搬來愛滿屯的家庭，大多數都有年幼的孩子，愛滿屯地區的學校，也經歷了幾次不斷的維修和教舍與教員的增配。隨著孩子們一年一年地長大，他們一起走進了愛滿屯的頂尖小學，中學，然後一起在愛滿屯優質的高中畢業。

居民的人數急劇增加，也給小區周圍的銀溪山公園帶來了人氣，上山行走的遊客日益增多，這樣也給山間自然生活的動物們增添了許多困擾。當年剛剛住到愛滿屯新家的時候，經常會看見山裡的野鹿成群結隊地行走在門前的街道上，野生的火雞也會在秋天到居民小區閑逛。愛滿屯山谷，在水銀礦石開採年代散熱之後，進入了農耕和果園時代，這裡的野生動物生活環境非常寬

裕，天然食物也非常豐富。

隨著愛滿屯一次又一次的房地產開發高潮，人口不斷的增加，野生動物的自然生存環境也被日益壓縮，我們能夠觀賞到野生動物從家門前經過的景象也越來越少了，不免心中有幾分的惋惜與遺憾！人和動物在爭奪生存空間的時候，動物們也只能夠是弱勢群體了。

將近二十年的愛滿屯時光，就在不知不覺的幸福生活之中，偷偷地溜走了。讓我最快樂的是，我越來越了解愛滿屯這個承載歷史輝煌的地方，那一百多年前的歷史故事，並沒有在這個偏僻的小山谷裡消失。

孩子上小學的時候，有一次校外活動是參觀愛滿屯歷史博物館，我作為隨行家長一起前往。沒有想到，博物館裡豐富的收藏和存列的歷史資料，讓我對這個偏僻山谷，有了感慨無比的了解和驚嘆。

我開始喜歡上了我居住的愛滿屯，這裡不僅有秀美的山水，還蘊藏著如此豐厚和輝煌的歷史底蘊。霧茫山頂上的立方體水泥塔樓，曾經有很多人建議摧毀掉，可是也有懷舊的人們向當地政府提出反對意見，更有仗義的慈善家，慷慨地拿出自己的錢來，維護修繕這個愛滿屯的標誌性山頂建築物，人們可以在低空飛行的民航飛機上，清晰地從空中觀賞到這個標誌物。

如今，當地政府已經下令行文，要修繕霧茫山頂廢棄的軍事塔樓，改建成為充滿歷史氣息的山頂風景與歷史結合的公園，開放給世界民眾前來參觀遊覽。

由於中國大陸的經濟騰飛，也推動著全球各地的經濟，包括

愛滿屯的房地產行業。最近，在愛滿屯銀溪山腳的百年歷史老舊小區，有很多舊宅和牧場都被中國大陸的有錢人購買了，愛滿屯大道的最南端，聽說政府有計劃向南部繼續延伸和拓寬。愛滿屯的明天，將會迎來歷史上第三次蓬勃興旺的浪潮。

悠然樂居愛滿屯

友好之旅

媽媽們的下午茶

　　我和鄰居兩個孩子的媽媽林田相識，已經是十幾年前的事情了。

　　那時候，她先生的一個老朋友，也是我認識的好朋友，我曾經的公司老闆。因為我們有這樣一個共同的朋友介紹，相互認識了。我第一次去拜訪林田的時候，她在醫院剛剛生完第二個兒子，正在家坐月子。我將我的孩子們小時候用過的一些嬰兒用品，挑了幾件看上去很新的，款式還不錯的，搬了去林田家裡，就這樣我們成了好朋友。

　　天下的事情，有好多都是巧合與緣分，看來我和林田之間相識就是這樣，是巧合，也是緣分。從那次去她家拜訪她以後，我們各忙各的家庭，孩子，和工作，沒有太多的時間到各自的家裡去相會。但是，我們經常在游泳館，圖書館，球場，購物中心，社區公園裡偶然相遇。每次遇見了，我們就會手拉著手聊上好幾分鐘，有時擦肩而過，匆匆趕路，也就只能夠說一聲：「你好嗎？下次有時間再聊。」

　　人生就是這樣，永遠有忙不完的事情，特別是女人當了媽媽之後，天天都是如此的匆匆忙忙。

　　四年前的一天，我送兒子去學校，發現林田也送她兒子去學校，我們兩家的兒子是同年的，她家的大兒子與我家的小兒子，

在同一所中學上學。更巧合的是，兩個男孩子同時選修了相同的課程。我和林田，一個星期有三天，有時候是五天，都能夠在學校遇見，都能夠有說不完的話，兩個孩子們的同學關係，把我們兩個媽媽的距離，拉近了許多。放學之後，孩子們時常一起學習，我們當媽媽的也互相交流教育方面的心得。

不久以前，因為各種各樣的原因，林田和我，都離開了我們曾經熱愛的，硅谷高科技工程師工作的職場，這讓我們有了更多的時間和精力，放在我們孩子們的教育和培養上面。也有了時間，讓我們這些媽媽們，可以在做媽媽的體驗之中，總結和享受各自的心情。

有一天，林田說：「我們搞個下午茶吧。」

我高興地說：「好啊！」

那天，去林田家「下午茶」的時候，真是讓我驚喜而又感動。

林田，過去在高科技公司上班的時候，是一位技術過硬的優秀軟件工程師。如今，在家裡做媽媽，也是同樣的優秀，她是一位超級稱職的媽媽。滿桌子的下午茶點心，都是她自己親手製作的。杏仁豆腐，滑嫩香甜；火腿三明志，葷素搭配；烘培小酥皮角，脆香爽口；美式曲奇餅，油而不膩味。自製蛋糕，更是讓人口水三尺，還有色彩豐富的水果，應有盡有啊！

這哪裡是下午茶，這分明是一個快樂而豐盛的家庭女性才華展覽會。

我和其他到場的很多媽媽們，對她豎起了大拇指，優秀的女性，無論是在職場，還是在家庭，都是一樣的優秀。在下午茶會上的另外一個媽媽，是灣區著名遊記作家捷潤的太太曼琦，她也

是做美食的高手媽媽。這樣的下午茶，我完全不記得控制自己的味蕾，將那些下午茶的美味點心，　樣一樣往自己的嘴巴裡裝，最後感覺到食物已經填滿了胃腸，一直裝到脖子口了！

媽媽們的下午茶

硅谷太太的果園

來美國很多年了，一直在硅谷的高科技公司上班，每天面對的就是圖紙和電腦，機器人一樣地重複著每天的電腦芯片設計。突然有一天，因為某種所謂的原因，再也不用去公司上班了，那種失落感就像是在大海裡翻船落水一樣。習慣了早起的我，突然可以一覺睡到日升三竿，正在彷徨地問自己：這是否就是中國的記者在人群中問候的幸福感？

手機響個不停，是一位老朋友。電話那頭的朋友樂呵呵地邀請：聽說你剛剛「提前退休」了，我們終於可以好好地聚一下，過來我家，好嗎？正在鬱悶和彷徨之中的我，一聽朋友的邀請，立刻就喜孜孜地答應了，屁顛顛地踩了油門，眨眼功夫就到了朋友家裡。

寒暄著，跟隨朋友到了她家的後院。眼前的繁花似錦，碩果飄香，讓我震撼了！不用上班的硅谷太太們，原來在家裡的日子可以這樣過，過的如此的燦爛輝煌，過的這般的色彩繽紛！在朋友家裡品嘗了她豐收的果實，更加品嚐了她花果豐盛帶給大家的喜悅心情。

以後的日子裡，我經常的出現在硅谷太太們的後花園裡，硅谷太太們經常互相交換著自己後花園裡種植收穫的果實，花卉，還有新鮮蔬菜，交流著各自種植期間的經驗和心得。她們也談論

著丈夫孩子，婚姻愛情，家庭事業，互相介紹著好山好水好景色，好書好戲好電影，好菜好湯好點心。

　　漸漸地我發現，硅谷太太們的後花園，不僅僅只是一個簡單的後花園，那是一個農場，那是一個果園，那是一個植物園，那更是代表著美國硅谷太太們的一種生活，一種文化，那是一種蓬勃盛開的幸福情懷。

　　「塞翁失馬，焉知非福？」

　　從忙碌的硅谷職業婦女行列退出，華麗地轉身，我不再鬱悶和彷徨了，加入了硅谷太太們的行列，走進了荒蕪已久的自家後花園，除草剪枝，養花種菜，忙得不亦樂乎。

　　我打聽了許多朋友，得到的信息是，想要買到又便宜又好的蔬菜苗子，各種水果樹苗，就去幾落爾城市的花果農場。這個地區有大片的農場，整個舊金山灣區的蔬菜供應，都是來自這個農業城區。聽取了朋友們的建議，我開著我的小型貨車，驅車一個多小時，來到了幾落爾城市。果然如朋友們說的，這裡有不少的花果農場，可以多看看多走走多問問，一家挑幾樣，直到天色漸暗，我才拉上了滿滿一車的果樹苗，心滿意足地開回家了。

　　回家之後，街坊鄰居路過我家門口時，問我準備開墾果園嗎？他們還開玩笑說，是不是以後我們鄰居想吃水果了，都可以到我家果園採摘。我嘴上開心地回答他們，可以可以，歡迎歡迎。我心裡則是七鼓八鑼地沒有譜，我這個菜鳥，對種好果樹的基本功夫都沒有入門。

　　不管如何，先把果樹苗種下去再說。接下來的日子裡，我比上班的時候還要忙，送孩子們上學之後，我就捲起衣袖開始幹

活。從工具店買回來了各種工具，鐵鍬鐵鏟鐵鎬頭，鋸子斧子刀子，熱火朝天的大幹果園。足足花了一個星期，才把買回家的果樹苗全部種在了土地裡。

　　曾經聽說過林徽因那太太的客廳故事，那是講的有錢人家的太太們，用她們的客廳，交際上流社會的名人大卡。如今矽谷的太太們，有她們的繁華景秀的後花園，結交知心交心的閨蜜和拓展社交圈子，同時收穫新鮮無農藥的健康花果。

硅谷太太的果園

美國的警察印象

　　第一次對一個國家的警察印象，是我小時候天天唱的一首歌，「我在馬路邊撿到一分錢，把他交給警察叔叔手裡面，叔叔拿著錢，對我把頭點，我高興地說了聲：叔叔，再見！」多麼的親切友愛。

　　長大了以後，有一部電影又讓我對警察這個職業充滿了敬仰，我立志想當一名人民警察，後來陰差陽錯沒有遇到這種機會，選擇了不同的職業。電影「今天我休息」是上海電影製片廠攝製的喜劇電影，由著名戲劇演員仲星火主演。2014年影星仲星火因病在上海逝世，享年91歲。

　　那年我出國了，踏上美國的第一天，我與美國警察有了一次面對面的接觸。飛機到達舊金山機場，同機的乘客都拿到行李離開了機場，我提取了兩個行李箱後，放在路邊，等待接機的親友。那時候是沒有手機的，親友開車轉了幾次，我們也沒有相互認出來。我心急地離開行李到處找認親友，終於與親友相遇了，叫著讓親友開車到我放行李的地方，行李卻不見了。我很大聲音地叫喊著，急得哭了起來，大概是我聲音太大，一位身著警服的中年男警察來到我身邊，聽說我丟了行李，溫和而親切地了解大概情況，還友好地說，熱烈歡迎我來到美國，然後微笑著讓我站在原地等候。警察離開了十幾分鐘，再次出現在我面前的時候，

他手中拖著我的兩個大行李箱。我破啼為笑，不斷說著感謝，而他則一再叮囑以後行李不可離身。他幫我把行李放在了親友車後箱，我們開車離開的時候，他還在向我們招手，並叮囑我們安全駕駛。

美國警察再次讓我感到溫暖，是因為我姐姐來美國探望我。平時白天我需要上班，讓姐姐自己在居住地社區周圍隨意走走，看看美國人民的生活環境。等到晚上我下班回家，姐姐不在家裡，廚房冷冷清清，飯桌上也不見姐姐做的精美菜肴，我腦門一下冷汗淋漓，撥打了警察熱線911，接線生非常耐心地詢問情況，而我對著電話急吼急吼。根據美國法律，失蹤48小時以後警察局才會採取行動，聽到這裡我立刻摔下電話，自己就衝出家門到處尋找，在社區街道上大聲喊叫姐姐名字。路上遇到了兩輛警車朝我開來，一男一女兩位警察。他們說接到警察局消息，前來查看我是否安全，因為我突然電話斷線了，他們到我家查看過了，我出來時慌亂無比，家門都沒有鎖上。警察讓我描述一下姐姐的外形，並且讓我回家等，說他們會在社區轉幾圈看看，我不放心，堅持要自己在街上找。警察也沒有堅持意見，緩緩從我身邊開走，不一會時間，其中女警察開的一輛警車又回到我身邊，告訴我，姐姐已經在家裡了。另外一輛警車已經停在我家門口，我懸著的心踏實下來，喜極而泣，不停地感謝警察。姐姐告訴我，她睡了午覺後，發了老面，然後出去轉轉，想走一個小時後回家做包子，可是迷路了，怎麼轉也找不到回家的路。眼看天黑了，她心裡也很害怕，又飢又渴，腳都走腫了。

兒子13歲的時候，下午放學自己走路回家，吃過小點心後開

始做作業。突然有人按門鈴，他沒有開門，因為我教導過兒子，無論什麼人來都不要開門。按門鈴的人開始拍打大門，兒子害怕地打了911警察熱線，說有人砸門，他只有13歲，家裡沒有大人，說完就把自己藏在了睡房的衣櫃裡面。警察10分鐘後就來到我家，按門鈴我兒子也不敢開門，警察沒有破門而入，查看了房子周圍，確認沒有任何破壞痕迹。在公司上班的我接到警察局電話，叫我趕快回家看看，我立刻向經理請假提前回家，警車還在我家門口。用鑰匙開門進去，警察和我在房屋裡到處找不到我兒子，我這人一急嗓門就特別大，兒子在他衣櫃裡大聲叫「媽媽我在這裡。」這次的經歷，讓我再次親身體會到，美國的警察真是人民警察。

　　孩子他爸有段時期經常在大陸工作，聖誕節回美國與家人團聚。一家人開開心心吃著聖誕節大餐，孩子他爸忽然說胃疼想吐，起身離開餐桌去洗手間，竟然倒在洗手間的地上，怎麼呼叫他都沒有反應，嚇得孩子們大氣都不敢出。我急忙打了911警察熱線，五分鐘後警察就出現在我家門口，是一位年長六旬的老警察先生，他安撫著我別著急，救護車已經在路上。老警察來到洗手間，單腿跪在孩子他爸身邊，呼叫他的名字，同時用對講機在和救護車通話聯絡。救護車來了，救護人員帶著醫療用品來到家中，救護進行了幾分鐘之後，孩子他爸睜開了眼睛。救護人員建議病人最好還是去醫院急診室全面檢查，找出病因。老警察讓我把孩子們安置好，然後再去醫院看望孩子他爸，老警察會跟著救護車去醫院陪伴病人。等我到醫院，老警察還在那裡照顧病人，非常感謝老警察在節日期間不休息，還這樣認真負責地工

作。後來聽認識老警察的護士說，他已經是過了下班時間還在醫院等我到達，而且聖誕節本來不是老警察值班，他也是替一位年輕警察值班，讓那位警察回家去與身體不佳的母親節日團聚。

美國警察，不僅是在人民有困難的時候，盡職盡責幫助，當人民不遵守交通規則和法律時，他們也會很認真地執法。

在美國上大學的時候，有一天下課和教授多問了幾個問題，時間耽誤晚了，在停車場發動汽車時，已經晚上十點了。回家路上開車心急了一些，不知不覺就超速了。黑暗中感覺後面有輛車跟著我開了幾英里，心裡害怕起來，是不是遇上壞人了，嚇得手腳顫抖，油門踩得更多。忽然後面的車警燈閃亮，警笛鳴叫，我這才醒悟過來，不是壞人跟蹤，是警察車跟著我啊！警車裡走出來兩位警察叔叔，告訴我已經超速了，需要寫罰款單，同時警告我必須減速行駛。我告訴他們，我把警察叔叔當作了壞人跟蹤，因為害怕才超速行駛。警察叔叔不斷點頭地聽完我的陳述，最後很關心地囑咐我，還是應該減速行駛，也繼續保持對周圍的警惕觀察，還告訴我在遇到危險時，公路邊哪裡有緊急報警電話盒子。這天晚上，雖然我回家很晚了，但是很平安，也沒有被警察叔叔開罰款單。

朋友的孩子結婚，邀請我去觀禮。眼看前面路口右轉就到達婚禮舉行的教堂了，我在右轉後被警察攔截了，原因是路口停車牌前，我沒有停車查看，直接行車右轉，屬於違法交通安全駕駛。我的車在路口，人心已經在教堂裡面的婚禮中，沒有在意自己是否先停車了，還是沒有停車直接右轉。但是我對警察先生說，我好像是停了車的，警察先生也沒有和我辯解，直接寫了違

章單,並且告訴我,可以選擇到交通法庭為自己辯護。婚禮結束後,朋友建議我預約去交通法庭,聽說如果警察不出現在法庭,法官就會判我無罪。這是一種僥倖的做法,我決定試一試,也見識一下美國的交通法庭是如何斷案。很不幸那天警察先生去了法庭,提供了詳細的路口狀況,精確到幾分幾秒所發生一切,我只能夠老老實實地認罪。

美國的警察,讓我欽佩有嘉,有時候他們就像是親人一樣,為我們排憂解難,有時候則是嚴師益友,對我們的不規範行為,循序教導和責罰。他們在工作中,時而溫和友善,處事合情合理,時而鐵面無私,兢兢業業,一絲不苟。朋友說,你小時候想當人民警察,現在可以考慮當美國警察啊。我搖著頭,因為我聽說美國警察的生命,是懸在槍口上的。我默默為這些勇士祈禱平安!

食在小國比利茲

　　有一年的聖誕節，我和先生去了一趟南美洲小國比利茲。

　　從比利茲度假回來，與朋友們分享旅途的快樂，有一位朋友問我，比利茲這個國家在哪裡，怎麼從來沒有聽說過呢？我本來也不知道地球上還有一個叫比利茲的小國家，是我們公司的一個白人同事去過，他說，這個國家值得在冬天去度假，他極力推薦我去。

　　比利茲是一個很小的國家，是名副其實的小國家，在南美洲大陸的中部東北角上，全國方圓面積只有兩萬多平方公里，開車的話，一天就能夠把這個國家在車輪上看一圈。儘管如此，我們的整個行程，還是安排了六天時間。

　　我們租了一輛美國伏特公司的越野運動車，是那種可以跑山石野地道路的大輪子車。要去比利茲這樣的小國家，我們在出行之前，專門查看了一下地圖，發現整個國家在地圖上標識著，只有一條柏油國道，其他都是山石泥土小車道。

　　從美國加州舊金山坐飛機，到比利茲的唯一國際機場，需要費時八個多小時，我們在鳳凰城轉機。這個國際機場的規模很小，也很簡陋，機場候機樓，看上去像我們的孩子上學的那所小學校。下了飛機，我們就去租車公司店鋪，門面不到十平方，工作人員會講英語，辦理好租車手續，我們就慢慢悠悠地開車去到酒店。

　　從機場開車去酒店，十五分鐘非高速道路就到達了。酒店是

美國連鎖的西方酒店，酒店裡的工作人員也是會講英語。簡單地辦好入住手續，拿著行李去到房間，基本上就與美國本土酒店房間一樣。坐了一天的飛機，辦理好租車和入住酒店，天色就黑了下來。

　　我們的肚子裡開始發出嘰里咕嚕的叫聲，先生說快餓暈了，我們就開始在地圖上查找餐館。看了十幾分鐘，也沒有看到酒店周圍有什麼餐館，先生說，我們開車去周圍看看，有什麼就吃什麼，也許有些小餐館根本就沒有顯示在地圖上面。從房間出來，發現酒店裡有餐館，就是美國那老三樣食品：漢堡，三明治，皮薩餅。先生說，肚子再餓，也不要吃這些美國老三樣。我說，你也是有道理的，花了一天時間，跑到這麼遠的地方來，就吃那些老三樣，肚子填飽了，心裡也接受不了。人已經在這個南美洲的小國比利茲，說什麼也得吃吃南美洲當地的飯菜。

　　我們開著車，忍受著飢腸轆轆，在昏昏暗暗的街上到處亂轉。忽然，我看見一個亮著燈光的地方，尖叫著讓先生把車開向了那個亮光的地方。停車之後，仰頭一望，倉庫般的建築大門上，掛著一個非常簡單的招牌，白色木板塊紅色招牌中國繁體字，「永發市場」。我們眼睛都瞪大了，興奮地叫著，這是一個中國超市啊！

　　在這個世界上，無論是走到哪個國家，我相信都能夠找到中國人的影子。要說中國人在全世界，做的最常見的生意，一定是與吃吃喝喝有關的生意。例如，把中國製造的廉價生活產品，出口到世界各地，在世界各地開中國餐館和中國超市。我和先生在「永發市場」裡東看看西摸摸，這裡基本的中國烹飪佐料和乾貨都有，還有一些中國烹飪的廚房工具，帶有中國特色的盤子碗

筷，中國傳統的暖水瓶和搪瓷臉盆都有。

　　從超市出來，我堅信附近一定有中國餐館，先生在街上兜了兩個圈子，「台山小館」的招牌出現在我們眼前。先生問，我沒有眼花吧？我答著，好像聞到中國醬油的味道了。先生是廣東台山人，有一種他鄉遇故人的感情從心底升起，急不可耐地開車過去，停在了台山小館的門口。

　　我們開心地走進餐館裡，出現在眼前的情景是：餐館裡的吃客們，全部都是黑皮膚的人。當我們出現在他們面前時，所有的吃客，齊刷刷地將他們的目光，投射到我們身上。難道我們是外星球人？先生和我，不知所措。幸好有個亞裔臉孔的年輕男性向我們走來，用不太標準的國語問我們，是不是來吃飯的？先生連連點頭。男青年帶我們走過幾台吃客桌，所有黑皮膚吃客點的都是炸雞，沙拉，啤酒，還有免費的白水。

　　我們坐在離廚房最近的一張桌子前，男性青年去拿了一張菜譜走過來，菜名用的是地道的中國繁體字。我是一個愛包打聽的人，滿臉笑容地和那個年輕人聊天，了解到他就是中國台山人，他是這個台山小館的老闆，這家餐館已經開了有十年。當初是父親帶著他一起開的餐館，他們不知道這裡的吃客喜歡吃什麼，以為廣東菜行遍天下，結果生意慘淡。經過多年摸索嘗試，他們才了解到適合當地人的口味，他們用中國食材，採取美國快餐做法，做出來的食品，結果大受當地食客追捧。老闆開心地說，終於找到發財密碼，不發財都難啊！

　　嘻嘻，聽到老闆的故事，我真心為他們的努力點贊。我還想，等我哪天在美國呆膩味了，也來這個比利茲小國家開一家發

財的餐館。

　　第二天，我和先生開車去游覽瑪雅文化遺址，在瑪雅文化遺址逗留了幾小時，沒完沒了的拍照，肚子開始咕嚕咕嚕叫起來了，我們就在瑪雅文化遺址的周圍開始找吃的。

　　過了小河渡橋，找到一家簡陋的餐館，桌子椅子都是鐵做的，因為在小河邊，潮氣太大，桌子椅子有些生鏽了。這是一家比利茲當地人自己開的餐館，我們總算是能夠吃到本地的美食了。

　　一位女服務員將我點的飯菜端上桌子，典型的當地人家常便飯，雞湯泡飯。熱乎乎的雞湯裡面，放了一些土豆，番茄，洋蔥，紅羅卜，加上了一碗米飯。先生點的是牛肉泡飯，牛肉燉得很爛，放進口中，就可以直接吞落肚子，沒有牙齒的老太婆，都適合吃這種飯菜。我們邊吃邊和餐館的女服務員聊天，她不是老闆，是打工妹子，身材是很典型的碳水化和類食品過多。我問女服務員，大家在比利茲天天吃什麼？她英文不錯，比利茲是一個英國管轄的國家，本國的官方語言就是英語。她告訴我，我現在點餐菜譜上的食物，就是當地人每天吃的食物，家家戶戶都是吃這樣的飯菜。

　　第三天，我們的行程是去海邊。

　　比利茲的東部地區是面朝美麗的大海，沿岸有柔軟的沙灘，長著椰香的小島，炫目燦爛的陽光。島上的居民，以西班牙族裔居多，他們熱情，善良，友好。當地人每天的生活，就是在海上的活動，出海捕魚撈蝦，下海游泳嬉戲，躺在沙灘曬太陽，喝咖啡喝啤酒。

　　我們找了一家海邊的小咖啡店，一人點了一杯咖啡，就是普

通的黑咖啡。我們靜靜地坐在咖啡店裡，面朝大海，看著那歡快的海浪飛舞，聽著那一陣陣的海風拂耳。時間在悠閒之中流淌，海面泛起金黃，遠帆緩緩靠近，海鷗紛紛落腳海岸。

黃昏時分，我們沿街慢行，看見了一家水邊的餐館。我們開門進去，餐館裡坐滿了黑皮膚男性食客，他們身穿背心和汗衫，腳踏拖鞋。他們的桌子上，都是啤酒，有些是一桶六瓶，有些是十二瓶，桶裡放了一些冰塊。這些人，三個一群五個一夥，喝著笑著唱著，簡直樂翻了天。

我總是以為，貧窮國家的人們，一定是整天為生活憂愁。其實，我從比利茲小國當地人這裡，體會到了他們的生活充滿了快樂。而那些富裕國家的人，生活才是充滿了憂愁，房貸車貸，公司裁員，課後補習班，攀比上常青藤名校，等等，等等。

第四天，我們上山啦！

比利茲的山都在南部地區，說是山，其實不算太高，阿拉伯地區迪拜的摩天大樓，都比這裡的山高出許多。這裡的山，常年都是青綠的，雨水非常充沛，環境分外寧靜和清新。

中午，我們又找到一家當地人開的飯館吃東西，菜譜特別簡單，手寫的菜譜上，只有三道菜款可以選擇，就是牛骨湯，雞湯，雞蛋湯。我和先生分別點了牛骨湯和雞湯，一碗湯菜，一碗米飯，還送來幾張老闆娘攤的麵餅。吃著這樣的飯菜，我感覺自己是在當地人家裡吃飯一樣。

比利茲的人們，每天的生活就是這樣的簡樸隨意，輕鬆快樂，無憂無慮。

行程的第五天，我們去了一個神奇的地方。

　　當我們開車到達這個地方，簡直驚呆了。我們完全想不到，在小國比利茲，我們還能夠看到許多高貴品種的古典歐洲人，有一種時空穿越的感覺。

　　讓我們覺得神奇的是，這些古典的歐洲人，都生活在十七世紀的環境裡。家裡沒有電燈，沒有電視，沒有汽車，更不用說是蘋果手機了。他們依然過著馬車時代的中世紀生活，他們自己耕種糧食自己吃，他們的廚房裡，還使用的是燒草木的爐台。這是好萊塢大片裡的鏡頭嗎？不是！這是二十一世紀的歲月裡，還依然過著十七世紀環境的比利茲歐洲人真實的生活。他們晚上點著柴油燈，煤油燈，還有蠟燭。他們坐著馬車到教堂去聽教主講聖潔課，他們的衣服都是自己手工縫製的十七世紀服裝。最吸引我眼球的是，他們頭上戴的帽子，居然有一個標籤，什麼印的是中國製造！這些古典歐洲人拒絕與時並進，不苟同現代化發展，他們生活在那片保留地，沒有環境污染問題，更加不會有食品安全問題。這裡沒有醫院，沒有學校，沒有政府部門。這裡的教堂，就是他們的教育和醫療中心，也是婚殤嫁娶中心，更是說理講理和處理糾紛矛盾的中心。這裡有一個小小的雜貨店，裡面賣一些日常小商品，皮鞋和帽子，還有一些書本紙張。

　　最後一天，我們去拜訪了比利茲的新首都「貝爾墨邦」。

　　1989年10月23日，中國宣布了中止與比利茲小國的外交關係，不知道是什麼原因。但是，我們看到，這裡有很多的中國小商品，可能貿易往來還是非常活躍的。

　　中午，日正當頭，我們在新首都貝爾墨邦，享受了比利茲小國最後一頓當地風味的午餐。飯菜做法和食材的內容，基本上和

前幾天的菜品一樣，主打就是紅羅卜，土豆，番茄，牛骨頭湯和米飯。突然，我們看見旁邊餐桌的食客仰著脖子，對著酒瓶嘴，在咕嚕咕嚕地喝酒。我們也點了兩瓶，仔細查看酒瓶上的標籤，我們才發現，這個啤酒，就叫比利茲啤酒。

　　比利茲小國家裡，民眾大部分的生活用品，從廚房到睡房，從頭上到腳下，都是靠從國外進口。比利茲啤酒，是他們唯一的自己生產的土特產品，就是在比利茲本地生產。比利茲啤酒廠，是這個國家最大生產工廠，當地人很驕傲和羨慕那些能夠進廠工作的人。比利茲啤酒，酒瓶子的標籤上面，驕傲地印著：「比利茲製造！」

食在小國比利茲

風情的台灣寶島

從「大江大海1949」開始，家族成員就和台灣寶島結下了難捨難忘的情緣。

歲月，如風兒般拂面而過，在不經意之下，悄然地帶走了家族成員裡那些高齡的老一輩人，也淡化了與寶島之間的那份情緣．我有心要替老一輩人去台灣寶島走一走，完成他們離世以前那份未實現的親情牽掛。

落地臺北桃園國際機場的時候，已經是夜幕低垂。由於飛機誤點，等待在到達出口接機的那位年輕小伙子告訴我，他一直守在出口處，我為他如此的久等而感到歉意，並且心懷感動。我和他以前從未見過面，只是在電話中有過一些簡短的溝通，他在出口處手中舉著寫有我名字的紙牌，這樣讓我一下子就能夠看到他，相互詢問之下，才知道他是寶島一位親友的遠房姻親。幾十年的光陰如飛，世事變遷頗大，早年來島的前輩們多已不在人世了，後輩子孫們則是大多移居寶島之外。

小車在桃園通往新竹的高速公路上行駛，公路上的車輛不多，有矽谷半夜開車才有的交通感覺，而他開車卻非常守規則，該行哪條車道，該行多少車速，他一絲不苟地遵守。我讚他開車的守規矩，他告訴我這是一種習慣，凡事大家都守規則，就不會造成不必要的麻煩。從桃園機場到新竹酒店，不過四十多分鐘的

車程，一路上都沒有見到車窗外有無數的高樓大廈林立，也沒有看到滿城的燈火通明景色，昏黃的街燈下沒有多少行人和車輛。這就是牽掛了幾十年的寶島？我武斷地認為，夜幕中的寶島像一位鄉村少婦，靦腆含羞地留著一盞微亮的油燈，靜靜地在夜幕裡祥和地微笑著入眠。

　　酒店裡的早餐非常豐富，中式的有各種鹹菜和炒青菜，各種粥粉面和饅頭包子。西式的和美國酒店差不多。來到寶島，說什麼也不能夠窩在酒店裡用早餐，我背起小書包走到酒店門口，大堂服務員親切地問是否需要叫車，我說不要，但是請告訴我，附近哪裡有賣早餐的？離酒店不遠的新竹火車站附近有很多的商店和小吃店，我邁開大步朝火車站方向走去，酒店門前這條街應該算是新竹的主街之一，街上卻沒有多少行人，除了拿著掃帚穿著黃背心的清潔人員。但是，整條街道上滿滿都是小型的摩托車，讓我想到大陸上個世紀六，七十年代滿大街的自行車。寶島大街上摩托車的數量就如同當年大陸的自行車，數量驚人，一群一群地轟鳴著擦身而過。後來據親友介紹，寶島上家家戶戶幾乎都有一輛或者數輛的摩托車，當地人稱之為「機車」，是寶島人每天出門代步的必要交通工具。騎坐在摩托車上面的人群，從看上去青春活潑的學生，到銀髮飄飄的年長者，從一個豔妝美麗的少婦，到一前一後托著兩個孩子的母親，從衣著整齊或西裝革履的上班族，到超載貨物面目黝黑粗布衣衫的勞作者，什麼人都有，這景像應該也算是寶島上的一種特有的風情吧！

　　十五分鐘後，我走到了新竹火車站附近東門街上的城隍廟，大木結構的廟宇，木料壯碩，看上去極為堅固，廟前殿中門的石

獅造形玲瓏可愛，雕工精湛。城隍為兼管陰陽的神，遇有善事則
通報天庭，遇有惡事則通報地府，閻王之生死簿即據此登載人的
一生善惡。台灣的百姓大多信奉神明，此時的城隍廟裡，已經是
香火旺盛，香煙繚繞，香客們進進出出，城隍廟旁邊就是一條專
賣拜神用品的小街，生意興隆。

　　我到城隍廟來的目的，並不是上香，而是聽人說廟前有許
多台灣小吃店，小吃的品種最豐富，味道也是最正宗的。我在廟
前集市小街上穿來走去，小吃店攤一家挨著一家，家家號稱他們
是百年老牌子，新竹米粉和貢丸攤攤都有賣的，價格幾乎一樣。
城隍廟燒麻糬，來一份吧！熱呼呼的麻薯，伴著濃鬱芝麻，整個
胃頓時甜暖起來。廟口鴨香飯，去骨的鴨肉蓋在飯上，誘人垂涎
三尺，不敢買來一嚐，擔心撐爆了胃臟，再看到其他美食就沒有
空間裝。翁記滷肉飯，阿富魯肉飯，柳家肉燥飯，西市米粉湯，
滋味齋素食館，天香清素食館，炭烤好吃香腸，廟口英明林家
肉圓，阿忠肉圓，肉圓，肉圓，不能夠錯過，此刻我眼睛亮了起
來，老闆，來一份肉圓！要哪種？推荐一下，芋頭肉圓最好吃！
OK！OK！老闆家沒有位子坐，請一位小姑娘帶到後面，靜坐幾
分鐘，老闆就端了一碗過來，料多，皮彈，口味也很道地。吃過
之後繼續逛，郭家元祖潤餅，連家阿婆黃金蛋酥魷魚肉羹，見福
牛舌餅，乾家肉粽粿粽大王，城隍廟美味麻辣臭豆腐，華品蚵仔
煎，蚵仔煎，蚵仔煎，眼睛再次瞪亮起來！立等現做，平板黑鐵
鍋，老闆倒一勺米漿，周圍淋一勺油，青菜和蚵仔在旁邊炒熟放
在米皮上，打一個雞蛋，再澆一勺米漿，翻個身煎一下，起鍋裝
盤，一口一口香熱地送進嘴巴！美味道地的台灣小吃，果然是如

此豐富！

　　餐後，在新竹火車站附近乘坐公共汽車，前往國立清華大學，國立交通大學，新竹科學工業園區。國立清華大學是一所研究型大學，中華民國政府內戰失利撤退臺灣後，1955年由清華大學校長梅貽琦先生在新竹市主持復校，清華大學的校訓為「自強不息，厚德載物」。國立交通大學原建是上海市徐家彙的南洋公學，1958年由中華民國教育部選定新竹市為交通大學復校後校址，主要發展領域為電子、資通訊及光電等，國立交通大學校訓為「知新致遠崇實篤行」。新竹科學工業園區，是臺灣的第一座科學園區。1979年1月10日，新竹市市區東郊擴建動土，成立以電子代工為核心的專業工業區──新竹科學工業園，1980年12月15日完工。園區內廠商以經營電子代工服務為主，主要產業包括有半導體業、電腦業、通訊業、光電業、精密機械產業與生物技術產業。天時地利人和，新竹科學工業園全部佔有，兩所頂級國立大學校園就在旁邊，每年源源不斷地為科學工業園輸送優秀人才。

　　臺北，是一定要去走走的。

　　從新竹去臺北很方便，有台鐵和高鐵的選擇，也有長途汽車和出租車可以選擇。我選擇了台鐵出行，兩個多小時到達臺北火車站。臺北火車站於1891年7月5日設立，一百多年來歷經過多次的遷移與改建，現今的臺北火車站大樓為1989年9月2日建成啟用。車站二樓為商業層，滿滿都是小吃和食品店鋪，不坐火車的人們，也可以前來這裡美美地享受。臺北的風情和新竹是不一樣的，這裡是寶島的首府，站前眾多高樓林立，像兩堵高山峭壁，把市民大道和鄭州路夾在中間，車水馬龍，人來人往。臺北火車

站周圍的街區非常熱鬧，銀行和店鋪，酒店和咖啡店，佈滿了周圍的每一條街。最令我訝異的是街名，整個中國大陸的城市名字和有名氣的老鎮名字，都用在了臺北火車站周圍的大街街名上，活生生的一幅中國地名地圖。

國立臺灣博物館，始建於日治時期，但是看上去建築風格像歐洲式的，位於二二八和平紀念公園北側。「國姓爺鄭成功瞟真」、「康熙臺灣輿圖」與「臺灣民主國國旗藍地黃虎旗」並列為為館內典藏的三大鎮館之寶。中正區凱達格蘭大道1號的臺北賓館，戒備森嚴，聽說是不對外開放參觀的，專門接待國內外重要的賓客。中正區凱達格蘭大道2號是中華民國外交部大樓，由著名的王大閎建築師設計。

國立臺灣大學醫學院就在附近，成立於1897年，前身是日軍建立的「大日本臺灣病院」，日治時期的部分建築物依然保留完好。國家圖書館館內藏書非常之豐厚，是在1948年年底，由中華民國海軍與輪船招商局，把大陸國立中央圖書館館藏圖書文物運到台灣的，搬了超過13萬冊的珍本古籍，價值珍貴。館內也有很多座位，提供給民眾閱讀和休息。

蔣介石紀念堂就在國家圖書館對面，新修的樓牌非常壯觀，過去這裡被市民們稱為中正廟，現在這裡是自由廣場，佔地面積非常開闊，為臺灣民主紀念園區。紀念堂是為紀念已故的前中華民國總統蔣中正而興建的建築，外表以藍、白2色為主，象徵中華民國國徽中的「青天白日」。紀念堂平面為方形格局，象徵蔣中正的「中正」，坐東面西，遙望大陸。園區廣場的南北側，建有國家表演藝術中心管理的國家戲劇院和國家音樂廳，除了供民眾

休憩外，也常是大型藝文活動的場地。國立歷史博物館，在景色美麗的台北植物園蓮花池旁邊，使用日治時代遺留下來的紅色舊木樓。歷史博物館裡面古董和藝術作品很多，是中華民國除國立故宮博物院外，另一個以展示中國歷史為主的博物館。

　　沿著博愛路向北走，臺灣臺北地方法院檢察署和臺北法院的大樓很醒目，繼續向北是司法院大樓。來到貴陽街口，映入眼簾的就是重量級景點，位於中正區重慶南路一段122號，臺灣最高權力中心，中華民國總統府！1948年5月20日，中華民國行憲後，首任總統蔣中正與副總統李宗仁正式就職。總統府大樓於1912年6月1日正式開工，於1919年3月告竣，建築風格屬「後期文藝復興式」，起初於日治時期作為臺灣總督府，二次大戰後1948年至2006年間名為「介壽館」，2006年正式更名為「總統府」。很幸運當天是開放日，總統府一個月開放一天讓公眾進去參觀，衛兵告訴我趕快去排隊。據說總統府裡的敞廳（中山廳）原本是相當華麗、莊嚴的巴洛克風格裝飾空間，但經過了二次大戰的戰火摧殘，重新修建後的敞廳已經失去了原先的華麗景象，許多精緻的裝飾鬆脫破壞，今日民眾參觀所見的敞廳，看起來非常簡潔單調。大禮堂（經國廳）在日據時期稱為會議室，是重要事務會議舉行的場所。

　　從總統府出來，招手叫了一輛出租車前往圓山大飯店，並非我想到那裡住宿，網上查詢了一下價格，大概在臺幣4000元左右。只因為圓山大飯店是臺北市的著名地標之一，是臺灣首屈一指的大型國際性飯店，特別嚮往到那裡一遊，門口拍張照片留念。據說飯店裡的房間佈置非常具有中國風，梅蘭竹菊，花鳥燕

風情的台灣寶島

雀。房間的窗外看過去，是臺北繁華的街景，斜對面遠景則是臺
北101大樓。圓山大飯店的外觀完全是大陸京城裡古建築的風格，
大紅的柱子和欄杆，鑲嵌著金黃色的屋頂和雕欄，還有色彩斑斕
的圖畫。

　　士林夜市離圓山大飯店不遠，親友推薦夜晚去那裡逛逛，
是臺北市內最大的夜市，觀光客來臺必去景點，以小吃與攤商為
主，這是寶島的一種特殊的生活文化現象，臺北人夜晚也經常
喜歡去光顧的地方。炸雞排、生煎包、士林辣豆干、蔥油餅、
燒餅、涼麵、士林大香腸、大餅包小餅、蚵仔煎、花枝羹、天婦
羅、藥燉排骨、東山鴨頭、廟口麵線、小火鍋、牛排、起士馬鈴

薯、甩餅、馬鈴薯片⋯⋯等等。這麼多的小吃，看看也就罷了，真要吃個遍，還需要安排在臺北住上一個月才行啊！

　　坐車離開圓山大飯店，直接朝臺北101大樓奔去。臺北101大樓周圍的街景，有紐約第五大道的縮影，名牌商店和名牌酒店眾多。臺北101摩天大樓，樓高509.2米（1,671英尺），地上樓層共有101層，由臺灣林鴻明、李祖原聯合建築師事務所設計、KTRT團隊與韓國三星物產（Samsung C&T）共同承造，於1999年動工，2004年12月31日完工啟用，為臺灣第一高樓。整個大樓模仿「鼎」字建成，本身有聚寶盆的隱喻，而看上去就像竹子一樣一節一節，象徵節節高升。遊客在5樓購票乘坐電梯，一分鐘以內直達89樓觀景台，是吉尼斯世界紀錄中最快速的電梯。觀景台提供高倍數的望遠鏡，遊客們在這裡可遠眺臺北地區的八方景色，臺北101大樓固定於每年12月31日元旦前夕數分鐘中，以煙火及燈光秀作為主題舉辦跨年活動。臺北101大樓底層有許多高檔奢侈品商店，幾乎看不到購物的客人，與商店售貨員聊起，才感受到她們目前面臨的困惑。前幾年陸客蜂擁而至，閉著眼睛狂掃貨，忙得她們人仰馬翻。今年以來，偶有陸客光顧，也是看看摸摸，然後走人，鮮少出現大量陸客掃貨的情景，讓她們對自己的工作業績擔憂。據說，大陸海關控制嚴密，海外購物超過一定金額之後，毫不留情地沒收貨物，這樣哪裡有陸客夠膽敢在海外採購貨物呢？

　　游過臺北，再去臺南，才發現寶島人南北生活大不一樣。

　　臺南火車站，是臺灣少數建於清代舊城範圍內的車站，1900年日治時期通車。第一代臺南火車站為木造建築，現在的臺南火車站，為第二代修建的火車站，建築風格採盛行於1920年代的折

衷主義，是二層樓的鋼骨鋼筋混凝土建築，於1936年3月15日落成並使用至今。其特色為門廊的三個圓拱門，屋簷有浮雕裝飾，建築正立開七扇圓拱長窗。外觀講求實用簡樸，外牆上部牆身為磁磚，厚重的腰牆則為人造石。室內地板候車室及大廳多為大理石、牆面則以油漆為主。火車站所處地段，現已成為臺南市中心，附近商場、百貨及飯店林立。國立成功大學離火車站很近，現為規模第2的綜合大學，前身為日治時期（1931年）創立於臺南市現址的臺灣總督府臺南高等工業學校，現為臺灣南部的學術科研中心、醫學中心、物理及光電系統科技中心、奈米研究中心、航太中心、區域網路中心及臺灣語文測驗中心。

臺南市的建城歷史可上推至1620年代，為臺灣最早建立的城市，有「古都」之稱，清代設臺灣府治於此得名「府城」。臺南市歷史分為史前時期，荷治時期，明鄭時期，清治時期，臺灣民主國時期，日治時期，二次戰後時期，以及民國政府統治時期。作為一個歷史古城，各時期留下來的建築和文化，依稀可見。

在臺南站前路附近的公車站乘坐88號線公車，就可以巡遊整個台南市區古老的街景。臺南市的街道為格子、放射及不規則狀三種樣式的合併體。荷蘭人主政時期，街道設計為歐式整齊格子型，荷蘭人在臺南建築多以保壘、要塞為主，西歐國家喜歡以紅磚做為建材。清代增添了許多不規則的街路紋理，舊街普遍僅幾米寬，如神農街。大清帝國在四週興建城郭，作為軍事防禦，稱為臺灣府城。明清時期漢人進入臺南，眾多傳統中式民居及宗教建築至今尚存，明代建築有天后宮、南鯤鯓代天府、臺南孔子廟、武廟、城隍廟、五妃廟等等。清代建築則有開元寺、三山國

王廟、崇文坊等等，以及軍事設施四草砲臺、億載金城，臺灣府城大南門、大東門。日治時期引入歐式格子、放射、圓環街廓格局，拆除舊城牆。建築風格進入多樣式發展，中式、日式、西式並存，鋼筋混凝土、面磚等新建材廣泛使用，臺南火車站和國立成功大學校舍都是日治時期建築。市區主要向東、南方向發展，明顯的中軸線是車站－明治町－大正公園－中正路－中山路。

　　國立臺灣文學館，是一個必須看看的景點，由日本籍建築師森山松之助設計建造，為磚造承重牆、鋼梁、及鋼筋混凝土二層樓建築，屋頂為銅瓦馬薩式屋頂，為日治時期臺南州行政中心，二戰後長期作為臺南市政府廳舍。國立臺灣文學館內的文學作品收藏極其豐富，從南島語係原住民的口傳文學、古典漢文（台灣傳統漢文學）、華語白話文、日文、台語白話文和客語白話文的作品，到後來的通俗文學、懷鄉文學、旅行文學、女性文學、新移民文學、多元化文學其中的科幻文學。

　　臺南市主要為漁業與農業，沿海一帶的土壤多屬鹹性沖積土，鹽份含量甚高，不適農作，養殖漁業以虱目魚最為有名，出現大量以虱目魚為食材的小吃，近海牡蠣（俗稱蚵仔）養殖盛行，也是臺南小吃的重要食材。

　　88號線公車一路穿過台南市的許多景點，赤崁樓，祀典武廟，神農老街，臺南孔子廟，延平郡王祠，臺南市政府-永華市政中心，安平開臺天后宮，台南延平街古井，安平古堡，安平港國家歷史風景區，安平鹽神白沙灘公園，最後我們在安平老街下車。這片老街區有許多古色古香的建築，是寶島傳統文化的延續，這裡的台南小吃世界聞名，蚵仔煎，蚵仔卷，度老命蝦餅，

虱目魚粥，豆花，永泰興蜜餞，水果醋，涼糕，狀元糕，棺材板，還有古早味碰糖，自製發糕，香椿花生糖等等，很少有重複的小吃攤位，濃濃的古早味，小攤小店非常多，人潮也是多到爆！真的是又好逛又好吃，街逛完了，肚子也飽到爆啊！

　　時辰不早了，趕緊心滿意足地找到99號線公車站，一路返回臺南火車站，搭乘自強號台鐵返回新竹。台灣有許多的知名作家是鹿港人，作家施叔青，作家施淑端（李昂），作家吳珍英（席絹）等，都是鹿港人。鹿港是荷蘭及清治時期中臺灣最重要對外經商港口，市區內留有不少古蹟，鹿港龍山寺主祀觀世音菩薩，康熙年間純真璞禪師自泉安龍山寺分香觀音大士佛像，於鹿港結庵奉祀。清代大修過幾次，保存最完整的台灣清治時期建築物。

　　鹿港天后宮，前身為鹿港天妃廟，是臺灣最早奉祀湄洲島湄洲天后宮天上聖母開基聖母神尊的廟宇，也是臺灣僅存的第一尊來臺灣的湄洲開基天上聖母，至今將近四百多年。我們到達的時候，正是天后宮奉祀大典的日子，鞭炮燃放了半個小時，人群蜂擁，奉祀的隊伍人員穿戴節日神裝，敲鑼打鼓地走街穿巷。

　　三山國王廟中有落款於乾隆二年（1737年）八月的「海東霖田」匾，牌樓三連圓弧狀的造型，象徵三座祖山（巾山、明山、獨山）。城隍廟供奉的城隍，是從福建石獅城隍廟分靈而來。文開書院，是為了紀念有「開臺祖師」之稱，明鄭時期來臺傳授學業的鄞縣沈光文（字文開），當時曾經教導許多鹿港居民讀書寫字。南靖宮建於清乾隆四十八年（1783年），主祀關聖帝君，正殿上懸有歐陽錦華所書「義凜春秋」與陳百川所書「義勇凌雲」匾額。道光十年鹿港有許多的隘門，除防範盜賊之外也是鹿港各

角頭的界線，日治時期街道改正，數十座隘門均被拆除，只剩下後車巷這座隘門。

　　九曲巷乃指鹿港鎮內彎曲多折的一條巷道，鹿港地區常颳「九降風」，彎曲多折的巷道可讓風勢減弱，也可分散盜賊兵力，令其無法直衝而來，還有一說鬼只走直線，故居曲巷內可避邪。半邊井位於鹿港鎮的老街巷內，井的一邊在住家圍牆內，另一邊在牆外。過去只有富人有錢鑿井取水，富人將井鑿在靠近家中圍牆旁，一半位於圍牆內，給家人取用；另一半則位於圍牆外，讓路人或窮人能夠取水。摸乳巷，是位於菜園裡菜園路38號與40號間的一條長巷。清朝時期，摸乳巷為居民排放污水至舊港溝的水溝，日據時期將其水溝加設紅磚與水溝蓋，形成現今的通道。由於巷道極為狹小，雙方必須側身才能通過，女方胸部突出，當男女交錯而過時，男方很容易會碰觸到女方的胸部，人們戲稱之為「摸乳巷」。鹿港老街（鹿港古蹟保存區），主要由瑤林街與埔頭街連結而成，包括意和行、新祖宮、桂花巷（鹿港城隍廟前）、鹿港公會堂全長五百餘公尺，是台灣最早的老街，保存著早期商店門牌建築，長條型閩式建築建築，為清代至民國初年建築特色。

　　鹿港在清乾隆五十年至道光末年，是最繁榮的黃金時代，與大陸通商，舟車頻繁，百貨充盈，行郊林立，在「吃」的方面，更是山珍海味、奇饌佳餚，飲食之精美為人們所津津樂道。傳統茶點，源自大陸泉州師傅之手藝，較具盛名的有鳳眼糕、口酥餅、豬油糕、綠豆餅、石花糕、瓜子糕、雪片糕、狀元糕、五香糖、龍晴酥等，小攤上的麥芽酥、龍鬚糖等，也特別好吃。俗

稱皇帝點心的牛舌餅、涼粉粿、車輪餅也十分可口。鹿港小吃肉粽，以豬肉、沙蝦、香菇、竹筍四味作餡，配以蝦頭蝦殼熬煉的鮮湯，還有切仔麵，燒肉圓等均是齒頰生香的點心，鴨肉羹、肉包、蝦丸、米粘（豬油粘）、烏魚子、水晶餃、當歸鴨、豬血麵線、牛肚湯、菜頭粿、芋圓等也香味濃郁。歌手羅大佑有一首歌「台北不是我的家」，曾經唱紅整個寶島。假如你先生來自鹿港小鎮，請問你是否看見我的爹娘，我家就住在媽祖廟的後面，賣著香火的那家小雜貨店假如你先生來自鹿港小鎮，請問你是否看見我的愛人，想當年我離家時她一十八，有一顆善良的心和一卷長髮。臺北不是我的家，我的家鄉沒有霓虹燈，鹿港的街道，鹿港的漁村，媽祖廟裡燒香的人們。鹿港的清晨，鹿港的黃昏，徘徊在文明裡的人們。

寶島的風情，南北各異。南方的寶島，是懷舊的地方。北方的寶島，卻在燈火閃爍著迷失了自己的過去。寶島的景色，無法在幾天裡看盡，寶島的風情，無法走馬觀花地體會。還記得兒時聽過的「綠島小夜曲」，「外婆的澎湖灣」，「阿里山的姑娘」……下一次的寶島之旅計劃，已經在我的行囊裡放好了！

山水之旅

亞龍灣人間天堂

　　我第一次去海南島，是一九八八年，參加一個中華醫學婦女疾病課題的研討會，以及參加海南島醫學工作人員招募動員大會。

　　從武漢坐火車去湛江，再從湛江坐汽車去渡海碼頭。在渡海碼頭排長長的龍隊，渡海船很大，有一樓的汽車過海倉，二樓的旅客渡海休息區，三樓的工作人員區。到了海口之後，已經是我在旅途的第三天了。會議安排有人說到海口碼頭接我，但是，等到晚上也沒有等到接我的工作人員，無可奈何，我就自己花錢在碼頭附近找了一個招待所住下。

　　半夜，突然有一群人敲門，說是掃黃大隊的查房，讓我出示證件。我把證件交給某人之後，其他人就把我押上貨車，去了一個體育館，在半夜漆黑的體育館中央坐了一夜。與我同在體育館坐地關押的人有將近百人，男男女女都有，有些是非常漂亮的年輕女孩子，還有衣服不整的各種年紀的男人。幸好是海南島的夜晚天氣並不冷，等到第二天中午，那些掃黃大隊的人才來放我走。

　　我不解地問，你們抓我來體育館幹什麼？他們連看都不看我一眼，就隨口說，抓錯了，你趕快走，少廢話。

　　我在門口從守門人那裡拿到我的證件，回到我訂的招待所拿我的行李，這一夜，我白白花了銀子，卻沒有機會在床上休息，在空而大的體育館，席地而坐度過了海南島的第一夜。

　　海南島，是中國南海西北部的一個面積很大的島嶼，北隔瓊州海峽，與廣東省的雷州半島隔海峽相望，渡海大船就是載客在瓊州海峽來來回回載送客人。

　　那個時候，海南島政府才剛剛開始搞經濟開發，島上的熱帶雨林茂密，四周的海水清澈蔚藍，海南島中間高聳的五指山，天然的自然植物，還有野生稻、小粒稻、野荔枝、野生茶、紅殼松。海南島上神奇的原始森林，珍稀的熱帶動物，黎族苗族風土民情，紅色的革命紀念地，宜人的氣候，都讓人們嚮往，想前去觀賞一番。

　　國家政府部門在一九八八年，將這個島從廣東省管轄之下獨立出來，專門成立海南省，就是為了能夠將很多的政策優惠在這裡執行，搞活海南島的經濟發展。

　　我第二次去海南島，已經是二零一三年，海南島的經濟建設已經高度而完全地發展成熟了。

　　我從美國舊金山坐飛機去香港，然後在香港轉機去海口國際機場。這次來接機的工作人員很敬業，手中舉著一個寫有我名字的牌子，我一出道大廳大門，就看到了我的名字。來接我的是一位英俊的小夥子，海南島當地出生長大的年輕人。他開著一個小麵包車，彷彿知道我的行李特別的多，兩個大箱子，一個小箱子，還有一個旅行背包，一個手提小包包。

　　這次我住的是瓊海的溫泉度假村酒店，高級的貴賓樓。

　　除了正常行程活動，我還特別聯繫了我姐姐，他們一家人熱情地接待了我，讓我印象深刻的接待，是與姐姐一家人去了三亞的亞龍灣人間天堂。

　　那天是姐夫開車，我們一早上吃過早餐就出發了。從瓊海出發去三亞，路上車輛不多，一路順暢。在大東海吃過海鮮粥午餐之後，我們就去了亞龍灣人間天堂。這個人間天堂，真的是震撼到了我，亞龍灣北面的崇山峻嶺上，就是聞名天下的人間天堂所在。

　　當姐夫把車停在人間天堂的接待大堂門口，立刻就有穿著整潔制服的大帥小哥前來迎接，姐姐前去服務台辦理入住手續。經過仔細的協調和安排，姐姐拿到了客房資料。我們開車上山還有一段路，到了山上的停車場，需要拿上自己的行李，經過比較艱苦的一段步行上山下山步道，才能夠抵達那藏在密林裡的鳥巢客房。所以，必須記得，如果下次再來鳥巢度假村，一定要請挑夫，或者是不要大包小包地帶很多行李上山。

　　人間天堂鳥巢度假村，（RUSTIC LUXURY HOTEL），屬於是一種在海邊的熱帶森林擁抱的山地度假村，附近就是海南島熱帶天堂森林公園。度假村其實地理上在亞龍灣熱帶天堂森林公園遊覽區內，建於鳳凰山的山體上，以東西走向分佈，分為東園和西園兩個度假區，伸展出一雙臂膀，環抱著美麗的亞龍灣。人間天堂鳥巢度假村所有鳥巢客房，都樓居於叢林之中，看山巒雲霧裊裊，遠眺大海白浪戲天，晨起輕聆窗外蟲鳥鳴唱，綠葉密林掩蔽著客房，為客人們提供了最私密的空間享受。

　　人間天堂鳥巢度假村，管理上有集結地、鳥巢西區、鳥巢東區、鳳凰台及雲頂度假區五個區域。

　　集結地這個區域，一共有20間客房，分為集結地別墅（5棟）和集結地套房別墅（15棟），比較適合那些戶外運動愛好者，他們可以在這裡搞聚會營地，這個區域的特點是熱帶植物環繞四

周，具有寧靜、獨立、私密、回歸自然、親近生態的露營環境條件。在集結地露台上，客人們就可以非常清晰地欣賞到亞龍灣的迷人海景、還有海邊的街景、附近的野豬島、已經度假村裡的高爾夫球場。這裡還擁有五星級的配套越野俱樂部、酒吧以及游泳池等設施。客人們可以體驗到一種在野外安營紮寨的「野奢」感受。客房的建築形式非常特別，是那種獨棟客房，可以選擇半敞開式的帳篷客房。有些客人很上頭這樣的房間，可以體驗一種原始生活的氣息，客房的佈置是開放式的帳篷與布簾，布簾也是用來當門簾的，房間裡不配備電器設備，讓人有一種生活在大自然的露營感覺。讓你逃離城市喧囂，過一種穿越回去幾十年前的無電視無電腦生活。

亞龍灣人間天堂

　　二零一二年，中國有一部電影《非誠勿擾2》，其中有一段故事，就是選擇集結地這裡的環境，作為影片的拍攝之地。影片的美術指導是中國聞名遐邇的藝術人石海鷹，在該影片正式開拍之前，與劇組主要製作成員一起，前往澳大利亞、中國香港、三亞等多處，實地尋找合心意的場景。最終由導演馮小剛定奪，選擇在三亞的這個尚未開發的原始森林裡拍攝電影。搭建工作人員在原來木屋的基礎上，向四周的綠色林地擴建，把鋼架打入到山體岩石裡，將拍攝場景別墅搭建在懸崖峭壁之上，施工難度非常的高，工作人員耗費了數月時間。

　　2010年8月這部影片開機，由中國知名導演馮小剛執導的愛情電影，電影演員陣容亮眼，由中國名氣演員葛優、舒淇領銜主演，實力派演員孫紅雷、姚晨是重要角色的主演。在該片之前，導演馮小剛曾經拍攝過一部《非誠勿擾》，而《非誠勿擾2》是續集，延續了之前那一部秦奮與梁笑笑的愛情故事劇情。

　　《非誠勿擾》影片故事是講述梁笑笑結束了一段不應該的戀情，在人生失意時，秦奮陪伴梁笑笑在日本北海道的所見所聞，所思所想，感悟了人生的愛恨情仇。《非誠勿擾2》的故事可以是新的，但是，導演馮小剛與編劇王朔，覺得第一部已經風靡全球，為何不藉此大熱再創輝煌？若是接著講故事，可能更加吸引影迷們。故事承接笑笑從北海道回來，和秦奮的交往也沒有上軌道，求婚不成的秦奮，決定在三亞租一套別墅，和笑笑開始一段試婚的日子。笑笑覺得自己對秦奮的感情，彷彿沒有達到愛情境地，兩人試婚沒有感覺，關係日漸疏遠。秦奮選擇冷靜下來，回北京當了電視台的主持人，他的好友節目製作人李香山患上癌

症，為了給好友辦一場人生告別會，再次出現在三亞，兩人再次走到一起。

黎族的船形茅屋，自然的雨林山景，海天一色的海景，人間天堂鳥巢度假村的試婚房，在影片上映之後，成為了遊客們最愛追捧的酒店房間。鳥巢西區老鷹26號房，成為了求而難得的最暢銷酒店客房，一席房價達到一萬六千元才能夠住上一晚，預訂的名單排到一年之久！這個客房的周邊有無邊的游泳池，碧水藍天的情啥大池。房間的露台上有一個可愛的小泡池，客房二面都是與大自然融和的玻璃窗，享受不盡的天上人間的美景。

鳥巢西區位於鳳凰湖、龍火橋和下車傘之間，情景醒水，可以去這些景點打卡，盡情吸允大自然純淨的氧氣。然後，從鳥巢東區，沿老景去雲頂區，享受一頓豐富的情癒早餐。

亞龍灣人間天堂鳥巢度假村（Yalong Bay Fantasy Paradise），樓居於綠野仙蹤般的密林，山間雲霧裊裊，極目眺望碧藍大海，酒店服務和消閒設備都非常齊全，SPA，棋牌室，按摩室，水上運動，室內外游泳池，電子遊戲機室，籃球場，夜總會，桌球室，沙灘排球場，兒童樂園，高爾夫球場，足浴室，壁球室，健身房，乒乓球室，卡拉OK廳，迪斯科舞廳，桑拿浴室，日光浴場，足球場，網球場，保齡球場，交誼舞廳，應有盡有！

姐夫開車，從瓊海市沿著高速公路向南行駛大約163公里，我們就到達了亞龍灣天堂人間，交通特別方便。那一夜，我們是聽著鳥叫蟲鳴進入夢鄉的。清晨醒來，我們都不敢相信自己置身在綠葉掩蔽的密林之中。

結帳的時候，我們才感覺到，趁電影熱度來此消費一夜，

付出的銀子有些沉甸甸的！客房市場價是每間客房一晚上住宿一萬六千元，姐姐好像有談判實力，最終我們付了一萬二千元的價格。就這樣，在感謝姐姐的努力之餘，摸摸口袋的乾癟，還是想笑自己當了一晚冤大頭。

海南島美食之戀

說起海南島，我最喜愛的，除了那裡的新鮮空氣之外，哪裡天涯海角的一望無際，就是那裡的美食了。海南島有著一年四季吃不完的豐富水果，品種之繁多，味道之甘甜，百吃而不厭，令人久久迷戀。

海南島屬於熱帶、亞熱帶地區，水果種類繁多，品質優良。海南島栽培和野生的果樹，有四百餘個品種，其中屬與海南島原產的果樹品種有：龍眼、荔枝、芭蕉、桃金娘、錐栗、橄欖、楊梅、酸豆、油甘子。從南洋諸多群島和其他國家引進的品種有：榴槤、人心果、腰果、油梨（鱷梨）、番石榴、甜蒲桃、菠蘿蜜、芒果、山竹、柑桔、紅毛丹等。尤以荔枝、芒果、菠蘿。還有反季節西瓜，這些西瓜在海南島，一年四季採摘品嚐都是非常甜的。

菠蘿蜜是我愛得死去活來的水果，在海南島度假的那些日子裡，我幾乎天天都要買一點菠蘿蜜來解饞。菠蘿蜜的英文名字是：jackfruit，又名苞蘿、木菠蘿、樹菠蘿、大樹菠蘿、蜜冬瓜、牛肚子果。據記載，隋唐時期，這種水果從印度傳入到中國，被人們稱之為「頻那挲」（梵文Panasa對音）。宋代時期，被老百姓改稱為菠蘿蜜，也許是方言，也許是誤傳，這個叫法被人們沿用至今。菠蘿蜜是世界上最重、最大的一種水果，一般的都可以

重達5～20kg，據記錄顯示，曾經有最重的可能超過50kg。菠蘿蜜的果實非常肥厚柔軟，味道清甜可口，滿口香味濃郁，所以人們喜歡贊譽菠蘿蜜為「熱帶水果皇后」。

　　菠蘿蜜，到底是不是榴蓮呢？以前，我一直以為這兩種水果是同一種，兩種水果看上去外觀非常相似。直到我親自來到了海南島之後，親自品嚐了這兩種水果之後，我才算是搞明白了，這兩種水果是姐妹關係，但不是雙胞胎關係。

　　榴蓮，也是熱帶著名水果之一。榴蓮果樹是一種常年青綠的喬木，長得高的可達25米。榴蓮果實可以有足球大小。

　　姐姐買回家一個榴蓮，我還開玩笑地說，姐姐是不是買了一個足球回家啊！看著姐姐非常辛苦地切著榴蓮堅實的果皮，上面還有密密生長的三角形刺，我真為姐姐捏著一把汗，擔心她傷到自己那雙美麗的玉手。切開之後，我們可以看到裡面果肉，是由假種皮的肉包組成，肉色淡黃。

　　榴蓮，一般要在終年高溫的氣候才能生長結實，把榴蓮從果樹上摘下來之後，大概放上十天左右，才會除去青氣，散發出香甜的氣味，吃起來就比較帶勁。

　　據說，西洋人是絕對不吃榴蓮這種水果的，就是因為榴蓮散發出的那種熏人的味道。其實，愛吃榴蓮的人都說，聞起來不能夠接受的味道，吃起來根本就沒有那種味道，而是另外一種香甜味道。看來，榴蓮是一種不誠實的水果，讓人們聞著是一個味道，吃著又是一個味道。不過，一個農場的科學家說，這是大自然的植物中，一種自我保護的機密，榴蓮不想被人們吃掉，所以散發出難聞的味道。隨知道，人類也不是那麼好糊弄的，偏偏就

有很多人，好這麼難聞的一口！

後來，我還專門去查過很多相關的資料，看到有科學研究上顯示，榴蓮的拉丁文名字是：

Durio Zibethinus Murr。奇怪，榴蓮沒有英文名字。

二姨媽也和姐姐一樣，是一個榴蓮果的痴迷者。每年到了海南島，她絕對會步行，到遊附近的芒果農貿市場，抱一個又重又大的榴蓮果回來，然後給上刀叉、鋪子了，十八班工具一起上陣，將榴蓮痛快地大卸八瓣。由於榴蓮果體積太大，家裡的冰箱太小，這是二姨媽最難解決的問題。是不是為了吃榴蓮果，家裡的冰箱應該換一個大的呢？還有一個問題，榴蓮果味道會讓冰箱裡的食物，全部都染上榴蓮果的味道，全家人被迫要天天陪二姨媽吃榴蓮味道的飯菜。為了解決這兩個問題，大家一起召開了盛大而隆重的家庭會議，一致通過了新的解決問題選擇方案：要麼姐姐和二姨媽戒吃榴蓮果，要麼家裡再買多一個新的冰箱，專門儲藏榴蓮果。哈哈，問題終於解決了，過來幾天，大冰箱被人送上門來了！

桃金娘，又名桃娘、棯子、山棯、仲尼、當泥。桃金娘夏日花開，燦若紅霞，絢麗多彩；花期特長，4月～9月，邊開花邊結果。成熟果為紫黑色漿果，可食，也可釀酒，紫色的時候最好吃，生津止渴，回味甘甜，舌頭牙齒也會被染成紫黑色。桃金娘果樹，是山坡復綠、水土保持的常綠灌木，也是鳥類的天然食源。全株樹木都是寶貝，可以供作藥用，有活血通絡，收斂止瀉，補虛止血的功效。

山竹，（學名：Garcinia mangostana），又名莽吉柿、山竺、

山竹子、倒捻子，鳳果。剛長出的果實為嫩綠色，如果在樹下生長的話，果實會完全是白色。果實體積在生長期變大，外果皮顏色逐漸變深，最後變為深綠色。最終整個果實會長到直徑約4－8厘米為止，而且堅硬的外果皮會變得軟些，接著整體變為紅色，最後變為暗紫色，果實球形，吃起來很甜美，但其散發出的氣味很淡，果肉味美。

　　山竹原名莽吉柿，原產於東南亞，一般種植10年才開始結果，對環境要求非常嚴格，因此是名副其實的綠色水果，與榴蓮齊名，號稱「果中皇后」。山竹富含羥基檸檬酸、山酮素等成分，羥基檸檬酸對抑制脂肪合成、抑制食慾和降低體重有良好功效，而山酮素則具有止痛抗菌、抗病毒、抗突變等作用，特別是山酮素還能抗氧化、消除氧自由基的活性，對心血管系統有很好的保護作用，故深受人們推崇。山竹富含蛋白質、糖份和脂類，主治脾虛腹瀉、口渴口乾、燒傷、燙傷、濕疹、口腔炎。山竹果肉性寒，因此食用易造成上火的榴蓮後，可食用山竹去火。

　　海南島，顧名思義，是個島嶼，周圍一定是一望無際的大海，大海裡面當然是盛產海鮮。暫且不說海水裡的海魚海蝦，最令人驚訝的是那些稀奇古怪的海生動物，連名字都叫不上是什麼，以前從來沒有見過，那些平時餐桌上很難享受到的海產美味。和樂蟹，就是一種長的不一樣的蟹，是海南島四大名菜之一。姐姐特意帶我們去了海南島萬寧市一帶，上了漁船，吃那種剛剛從海中打撈的和樂蟹，膏滿肉肥，為其它青蟹罕見，特別是其脂膏，金黃油亮，猶如鹹鴨蛋黃，香味撲鼻。

　　那天，我們去海南島三亞市大東海的海濱大排擋吃飯，點了

廣東式樣的香蟹褒粥，味道實在是鮮美，我吃了好幾碗。後來有一天，我們又讓百忙之中的姐姐，再帶我們去那個海濱大排擋，專門就點了這款廣東式樣的香蟹褒粥，當作我們的晚餐。

海南素有「無雞不成席」之說，因為海南的文昌雞肉質鮮美嫩滑，文昌雞因產於海南省文昌市而得名。傳說，文昌雞最早出自該市潭牛鎮天賜村，該村的榕樹樹籽含有營養，家雞啄食，能有皮黃且脆，肉嫩且美，骨酥且鮮之功。海南島的老榕樹，特別是文昌地區的老榕樹，數量之多，為文昌雞提供了充足的糧食。食文昌雞，以白切為主，輔以白醋、精鹽、青橘汁、姜茸和蒜泥配製成的調料。海南人認為，文昌雞吃的就是其肉質的嫩滑，因此在烹飪時，他們往往會刻意將之煮至八九分熟就切盤上桌，在海南，全熟的雞反倒是不受歡迎的，食客嫌其肉「老」。文昌雞，也是海南島四大名菜之一。

民間對文昌雞的來歷，還有另外三種傳說。

相傳，明代有一文昌人在朝為官，回京時帶了幾隻雞供奉皇上。皇帝品嘗後稱讚道：「雞出文化之鄉，人傑地靈，文化昌盛，雞亦香甜，真乃文昌雞也！」文昌雞由此得名，譽滿天下。

文昌雞出名的說法還有：1936年，當時國民政府財政部長宋子文回鄉探親，準備在文昌召開一次全島性大會，各縣選送佳肴。恰逢「西安事變」，大會未開成，但宋子文把部分美食帶回廣州，供眾「官員」品嘗，文昌雞由此傳揚東南亞。

第三種說法是：清朝海南錦山地區一人在江浙做大官，某年春節回家探親，將要離家時，到文昌潭牛鎮天賜村拜訪老學友。這位學友用正宗的文昌雞款待他，還選幾隻較好的文昌雞讓其帶

回江浙，款待親朋好友，文昌雞從此出名。

　　加積鴨，俗稱「番鴨」，是海南省瓊海地區的華僑早年從國外引進的良種鴨，最早在瓊海市加積鎮養殖，是海南人驕傲的海南島四大名菜之一。

　　加積鴨養殖方法特別講究：先是給小鴨仔餵食淡水小魚蝦或蚯蚓、蟑螂，約二個月後，小鴨羽毛初上時，再以籠養，縮小其活動範圍，並用米飯、米糠摻和捏成小團塊填餵，經過20多天的填肥，這時鴨的嘴腳變白，脂肪滲入肌肉，肉肥香嫩，以這種方式餵養的加積鴨，稱為「正宗加積鴨」。

　　加積鴨其長相別於本地的草鴨和北京鴨。它形體扁平，紅冠黃蹼，羽毛黑白相間。由於加積地區飼養番鴨的方法與其他地方殊異，故其脯大、皮薄、骨軟、肉嫩、脂肪少、食之肥而不膩，營養價值高，故人們把加積飼養的番鴨稱為加積鴨。

　　東山羊，自宋朝以來就已享有盛名，並曾被列為「貢品」。東山羊出長在位於海南島海拔184米的東山嶺上。這座山常年雲穿露林，海風吹拂，鳥語花香，四季如春，被人們稱為「海南第一山」。而這裡土生土長的黑山羊，吃了山上獨有的靈芝草後，變得體壯腰肥，羊毛油黑亮澤，羊肉肥嫩爽口，還沒有羊腥味。

　　當地的老人介紹：古時候人們就已經知道這裡長大的羊最好吃了，便大肆捕殺，所以吃靈芝草的那種真正的東山羊早就絕種了，後來人們又發現了普通的羊，吃了山上的茶葉等稀有草木後，再經過幾代的繁衍後出世的羊也有同樣的好味道。

　　東山羊的食法多樣，有紅燜東山羊、清湯東山羊、椰汁東山羊、干煸東山羊、打邊爐（火鍋）等多種吃法，各有特色。在海

南島萬寧地區的東山嶺腳下，許多餐飲業的美食店，都打起了海南東山羊的招牌吸引遊客，並且發展出了系列風味做為店裡招攬客人的名菜，創製出了秘制山羊煲、真味白切羊、爽滑羊丸、白滷水羊腩、特色羊宴、爽脆羊臉等款的東山羊菜系列菜肴。東山羊，也是海南島四大名菜之一。

除了海南島四大名菜：東山羊，加積鴨，和樂蟹，文昌雞之外，海南島的傳統風味小吃，也是很有魅力的。海南粉，是海南最具特色的風味小吃，是海南人日常的早餐選擇，也是節日喜慶必備的象徵著吉祥長壽的食品。海南粉有兩種，一種是粗粉，一種是細粉。粗粉的配料比較簡單，只在粗粉中加進滾熱的酸菜牛肉湯，拌少許蝦醬、嫩椒、蔥花、爆花生米等即成，叫做「粗粉湯」，也稱為抱羅粉（產於文昌抱羅鎮）；而細粉則比較講究，要用多種配料、味料和芡汁加以攪拌腌著吃，叫做「腌粉」。海南粉通常指的是這種「腌粉」。

竹筒香飯通常是黎家人出遠門、上山打獵或者招待客人時才做的。用山蘭稻（一種旱稻）中的「香米」配肉類為原料，放進新鮮的粉竹或者山竹鋸成的竹筒中，加適量的水，再用香蕉葉將竹筒口堵嚴，碳火中綠竹烤焦即可。黎族甜糟，有紅白兩色的，就像是我們通常說的葡萄酒，有紅酒白酒。黎族特產山蘭糯米，經過發酵製成黎族甜糟。黎家人將山蘭糯米飯，拌以黎山特有的植物做成的酵母，裝到竹籃裡用新鮮的乾淨的芭蕉葉蓋好，讓其自行發酵，幾天後再密封進壇裡深埋地下，經三五年挖出，則甜糟已全部化為漿液而形成「山蘭酒」。入口的時候，黎族甜糟醇香溢口，甘甜滋潤，沒有想到，那天我們走進黎族山寨，喝了一

口那天我們走進黎族山寨壓寨夫人親自釀製的黎族甜糟，一班人馬全部醉得人仰馬翻啦。

苗族五色飯，是海南省苗族製作的一種極富民族特色的飯，在農曆「三月三」民間節慶之時，幾乎苗寨家家製作。五色飯有紅、黃、藍、白、黑五色，皆用獨特植物汁液作為天然色素拌在米中，並放進特製的木蒸籠中蒸成。椰絲糯米粑，是海南常見的風味小吃，主料是用糯米粉做皮，填以新鮮椰肉絲、芝麻、碾碎的炒花生、白糖等配成的餡，以野菠蘿葉包成5厘米左右大小的圓粑，蒸熟趁熱吃。東山烙餅，是東山嶺餐廳用獨特方法秘制的烙餅，類似北方的千層餅，但更為香、酥軟、脆。此餅的特點是外皮酥脆，內皮軟潤，香深味美，人吃人贊。有人譽之為「海南第一餅」，有人譽之為「天下第一餅」。

說到海南雞飯，有兩個主題要說，一個是海南島的美食，一個是香港影視界的電影《海南雞飯》。海南雞飯的主料是雞和大米，最好的雞飯選用「文昌雞」。

海南雞飯，要求是剛成熟而尚未下蛋的雞，以1至1.5公斤重為宜。大米選用上等新鮮的優質海南大米，雞是白切雞，清湯中燙熟，皮色油黃，肉白且嫩，骨髓帶血，吃來清甜爽口。米飯的製法：一是猛火熱鍋中下雞油、蒜茸爆香，隨後倒進洗淨濾乾的大米翻炒，再加雞湯調勻，加蓋煮熟；一是將蒜茸或蔥爆香的雞油倒進普通方法煮熟的熱飯中，加少許精鹽和味素，白切雞佐酒，雞飯隨之，其味悠長。

再說說香港影視界的電影《海南雞飯》。該部電影的導演和編劇是畢國智先生，他的父親是金漢，原名畢仁序，山東人，

1961年加入邵氏電影公司為演員。母親是凌波，出生於廣東汕頭，本名黃裕君，1949年逃難到香港，是香港六十年代邵氏電影公司著名女演員。畢國智先生的電影劇本《海南雞飯》榮獲了台灣新聞局最佳劇本獎，電影《海南雞飯》是畢國智先生的第一部35厘米電影制作品。他也憑此片獲得第25屆香港電影金像獎最佳新晉導演獎。

電影的故事以新加坡的飲食為背景，講述了一家之中母親和三個有同性戀傾向兒子的故事。在本片中演母親的台灣女演員張艾嘉獲得了當年香港電影金像獎的最佳女主角獎項。這部影片是想藉助同性戀的故事來描寫母愛的偉大，一位母親，她以用自己的力量來感化她的同性戀兒子，讓他們過正常人的生活，是探討社會的一個很有新意的電影題材。

海南島，是一個美食的天堂。我們在海南島的一日三餐，餐餐不同樣，走過所有美食出名的地方，去過所有美食特色的餐館。玻璃魷魚，水滿茶，三亞芒果，樂東香蕉，屯昌黑豬，臨高乳豬，瓊中蜂蜜，瓊中綠橙，福山咖啡，興隆咖啡，萬寧菠蘿，保亭紅毛丹，荔枝溝鵝肉，海南島鹽，澄邁苦丁茶，白沙綠茶……讀著這些美食名稱，此生不枉海南行，這樣的美食之旅，怎麼能夠讓我不對海南島戀戀不忘呢。有這樣美好的人生之旅，我要藉此文，感謝我的姐姐們，是她們的安排，才讓我的味蕾享受了如此豐盛的佳餚。

黎村的中秋望月

　　在海南島，前輩人曾經將農曆八月十五日稱為黎村的「望月節」。

　　但是，當我們來到黎村家訪的時候，有些老人們卻說，在我們海南島，不是只有在每年的八月十五日是望月節，海南島西南部樂東黎村的阿媽和阿妹們會經常的望月。

　　對於祖祖輩輩棲居在海南島大山裡的黎族阿媽和阿妹們，一年之中的每一天，都是她們心裡的八月十五日，她們都在村頭和山巔望月。一條條彎彎曲曲的泥土小徑，像一根根無限延伸的長縷，都是用來把她們的心牽繫著出海親人的心長縷。從黎村簡陋而溫暖的小茅屋前，一直延伸到村口兩棵高大的「迎來樹」下，再由村口的迎來樹一直延伸到山外，延伸到茫茫無涯的大海，延伸到搏擊在狂風巨浪裡的捕魚船上。

　　年復一年，日復一日，每當那一輪皎潔如洗的明月升上樹梢，年邁的老阿媽柱著山梨樹枝做的拐杖，深一腳淺一腳的從小茅屋裡走出來，踏著月光來到村口。年青的阿妹們也三五成群地拉著手，背著娃，利利索索地來到村口。月亮像一個白玉盤，高高地掛在幽深湛藍的天空，阿媽和阿妹們守在村口的樹下，抬起頭靜靜地望著天上的浩月。她們都知道，此刻漂蕩在海上的阿爹和阿哥們，也會站在船頭上，舉頭望明月，低頭思親人。

出海打漁的男人們，生命已經不屬於他們自己，浩瀚無際的大海，主宰著他們的命運。只有藉著這一輪明月，才能夠與山裡的親人們共享此時，才能夠藉著明月，捎去他們對親人的牽掛。

終於，在某一天，村口望月的阿媽和阿妹們，望到了她們心中的月亮，等待到了已經出海多日的的男人們平安地歸來。靜靜的黎村，開始熱烈與喧鬧起來，老阿媽捧出了收藏已久的紅米酒，靚麗的阿妹端出了糯糍香酥的圓月米粑粑，老村長送來了熱騰騰的土雞湯，小娃娃們在人堆裡串來跳去，此時的月亮是黎村人心頭的一盞明亮的燈，照著歡聚一堂的黎村老老少少。

當戰爭年代的硝煙，跨過了浩淼的瓊州海峽。黎村的兒女們曾經開始走出村落，扛起了革命的槍。每當那一輪皎潔如洗的明月升上樹梢，年邁的老阿媽們，又開始柱著山梨樹枝做的拐杖，緊一步慢一步的從小茅屋裡走出來，踏著月光來到村口。年青的阿哥和阿妹們也默默地拉著手，拖著沉重的腳步來到村口。月亮依然還是從前的月亮，像一個白玉盤，高高地掛在幽深迷濛的天空，老阿媽和小阿妹們，又開始日日守在村口的樹下，抬起頭期盼地望著天上的明月，盼著等著的是出征的黎村兒女們，能夠平安無恙的回來。有多少次等待，有多少回期盼，她們在村口的迎來樹下，盼到的只是，戰友們送來的幾件曾經熟悉的衣服和隨身物件。

天上的明月，依然是那麼圓圓的，而山裡黎村的人家卻無法團圓。老阿媽一步一把淚水，捧著釀製好多日的紅米酒，踉踉蹌蹌地來到村外的墳頭，灑一杯甘甜的紅米酒，就唱一句心酸的黎族山歌。靜靜的大山裡，久久地回蕩著老阿媽哭泣的山歌，空

氣中飄散著心碎的紅米酒醉意。小阿妹將圓月般潔白的糯糍米粑粑，輕輕地擺放在親阿哥的墳頭，願天上明月有知，他日能夠天天與地下的親人們團團圓圓。老村長帶領著村裡的鄉親們，挨著個為逝去的親人添一把土，插一柱香。小娃娃們乖乖地拉著大人的衣服角，靜靜的看著大人們，停止了在人堆裡串來跳去。

　　月亮依然像一盞明亮的燈，照著的是黎村的悲鳴，是白髮人送黑髮人的老阿媽，是孤孤單單守寡的年輕小阿妹。

　　有些年前，黎村的山頭外，住下了很多北方來的年輕人，他們叫自己住的地方是農場，他們稱自己是農場裡的工人。他們出工幹活是集體行動，農場裡像個設施齊備的小城市。那裡有醫院，食堂，澡堂，劇院，供銷社，招待所，球場，辦公樓，集體宿舍，還有職工宿舍。

　　山裡時常會走出一些黎村的人，他們會好奇地到農場去逛逛。供銷社的貨架上，擺放著北方運來的燒酒，黎村阿媽捧來了自己釀製的紅米酒，要讓農場裡的北方郎嘗嘗。喝過老阿媽的紅米酒，醉意綿綿的北方郎直呼，老阿媽的紅米酒，夠酒力夠醇香。小阿妹拿出了自己做的糯糍圓月米粑粑，北方郎吃過以後，大讚勝過北方嫂子做的煎餅果子。老村長送來了自家養的土雞湯，想和供銷社的人換幾條北方的捲煙。小娃娃們伸出小手，就纏著北方人給他們幾粒花花紙包著的糖果。

　　當夜色降臨，北方的漢子和妹子們說，他們都有點想念北方的家，想念他們的爸爸媽媽。黎村的人告訴他們，望著天上的月亮，述說著你們心裡的期盼，你們北方的家人就在這月光下，和你們一樣想念。

　　當轟隆隆的推土機和水泥攪拌機開進了海南島，一場翻天覆地的改革浪潮洶湧而來。長年靠捕魚為生的黎村青年人和壯年人，好像忽然從沉睡中蘇醒過來。他們不再出海，他們背起了行囊，離開了大山裡的黎村，他們要投入到改革開放洪流之中去拼搏，他們告別了繼續生活在黎村山裡的老阿爸阿媽，告別了他們依依不捨的小阿妹，告別了他們年紀尚幼小的孩子們。

　　那些出走黎村的人，開始把他們在外面賺的錢，或者是匯款，或者是親自送回家。那些錢，像紛紛飄舞的落葉一樣，飄進了黎村。老阿爸阿媽從前的黃泥茅草屋，被推倒了，重新建成鋼筋水泥的磚瓦房，明亮寬敞，還有單獨的廁所和廚房。小阿妹的新房裡有了電視機，還有了席夢思的軟床。

　　但是，住進小洋樓的年邁老阿媽，依然在明月之夜，柱著山梨樹枝做的拐杖，緩步的從新屋裡走出來，踏著月光來到村口，盼望著外出打工的孩子們回家。年青的小阿妹們也會背著娃，靜靜地來到村口等待他們日思夜念的娃他爸。她們的物質生活改變了，再好的物質生活，也無法替代她們對出山遠行打工的親人的思念。山裡修了盤山的公路，可是通向黎村的那條彎彎曲曲的泥土小徑，依然還像過去一樣，是一根無限延伸的長纓，把她們牽掛著親人的心，從黎村一直延伸到村口的「迎來樹」下。再由村口一直延伸到山外，延伸到南北奔波的親人身邊。每當那一輪皎潔無暇的明月，掛在了村口高高的樹梢上，老阿媽和小阿妹們便會守在村口，靜靜地望著天空的明月。

　　在海南島的房地產開發，轟轟烈烈地開展著，咆哮的推土機和高聳的腳手架，成為了人們的期盼。

　　這個春天，黎村的青年小陳帶著我，一起回到海南島西南部樂東黎村。通向村口的那條彎彎曲曲的泥土小徑，讓我的腳步凝重，來到村口的那兩棵「迎來樹」下，我停下腳步問小陳，當你走過這個村口的時候，心情如何？他說，心有不捨，但是外面的世界更精彩！

　　是啊，外面的世界更精彩！但是，無論外面的世界如何改變，永遠不變的是，黎村的老阿媽，黎村的小阿妹，還有她們的紅米酒，她們的糯糍圓月米粑粑，以及她們年復一年的「望月」啊！

新疆品饢的味道

　　我九歲的那年，扎著兩根齊腰的黃毛小辮子，穿著一身泛白的黃色假軍裝，腳上套著一雙底部磨得很薄的黃球鞋，左邊肩上挎了一個黃軍包，右邊肩上掛著一個軍綠色斑駁的水壺，獨自一個人踏上了去新疆的遙遠路途。

　　媽媽送我去城裡的火車站，一路上都在叮囑我，不要跟陌生人走，不要跟人吵架扯皮，不要隨便吃別人給的食物，不要在中途車站下車，到了終點站才下車，等你爸爸來接，不要在車上與人家搶座位，記住雷鋒叔叔是如何做的，不要把黃書包丟失了，那裡面有在路上夠你吃幾天的饅頭和榨菜，還有你爸爸和叔叔在新疆的地址……

　　媽媽的嘮叨沒完沒了，好像是耳邊吹過的一陣陣細風，雖然柔和溫馨，但完全不入我的耳朵，最後我好像就記得一句話：「不要隨便吃別人給的食物。」

　　那是一個貧窮的年代，人人面黃肌瘦，能夠在大街上看見一個胖子，人們都會以為是外星球降落而來的異類，好奇心驅使的人們，會為此而對胖子進行圍觀和起鬨。

　　從中原地區出發到遙遠陌生的西域，這列長長的火車，吭吭哐哐地，轟轟隆隆地，搖搖晃晃地，整整走了一個星期的時間。據媽媽說，她還是特意花多了十塊錢，買了這個快車，那要是慢

車，是不是要走一個月呢？

　　一路上，最吸引我的是車窗外不斷變換的大自然美麗景色。

　　一會兒是鬱鬱蔥蔥的田園風光，一會兒又是灰頭灰臉的大工廠，一會兒是青青綠綠的高山，一會兒又是碧波蕩漾的小湖，一會兒是穿過黑黑咚咚的隧道，一會兒又是經過鋼鐵鑄造的橋樑，一會兒是牛羊成群的草場，一會兒又是茫茫無際的沙洲。

　　在城裡住慣了的孩子，以為世界就是城裡的那個樣子，唧唧歪歪的小平房，熱熱鬧鬧的鄰居夥伴，按著喇叭滿街跑的公共汽車，響著鈴鐺橫衝直撞的自行車，冒著濃煙的大工廠，充滿朗朗讀書聲的小學校。卻不料，外面的世界原來是這麼的精彩，是這麼的美妙。

　　當然，也有讓人頭痛和抓狂的景象。大家都擠在人頭涌涌，混亂濁氣的火車廂裡，上廁所是個最大的麻煩。我的座位在靠窗的地方，吃著母親為我準備的榨菜和饅頭，喝著掛在身上的軍用水壺裡面的冷開水，每次去上廁所，排著長長的隊，前面還不斷有人加塞。我一起身離開座位，那個座位馬上就被別人佔據，欺負我這麼一個弱弱的小女孩，也沒有人為我出頭講理，我只能找列車員幫忙。列車員說，盡量不要離開自己的座位，他也不能夠一直這樣幫我。我開始不吃不喝，減少離開座位去廁所的次數，我開始迷迷糊糊地昏睡，渾渾然然地到達了盼望已久的新疆。

　　清晨，火車進站了。

　　到了新疆之後，父親沒有親自到火車站來接我，是兩個年輕的小夥子。他們在擁擠的人群中玩著猜人遊戲，猜對的那個小夥子開心地來到我面前，猜不對的小夥子則必須去買饢，這就是我

到新疆吃的第一頓飯，就是新疆人餐餐不離的「饢」。

　　新疆人吃的「饢」，吃過之後才知道，不過是一種普通的面烤餅，就好像是中原人吃的「燒餅」，北方人吃的「大餅」，陝西人吃的「泡饃」。對於那些天天吃香喝辣的人們來說，新疆的「饢」，實在沒有什麼特別之處。可是，當一個九歲的孩子，經過了一個星期的長途饑渴，那就是山珍海味啊！

　　到了父親工作的地點，已經是晚上吃晚飯的時間。

　　當炊事班大叔遞給我一個銅月亮般的「饢」，一碗熱乎乎的羊肉湯，我立刻狼吞虎咽地開始吃，那就我一輩子都沒有吃過的晚餐，不是山珍海味，勝是山珍海味。那個饢烤得有一點焦枯，吃起來脆脆的，炊事班大叔笑著告訴我，把饢掰成小塊，放在羊肉湯裡面，用勺子撈起來吃。那個羊肉湯真香啊，羊肉吃起來是甜的，聞起來是香的，湯喝起來滋溜溜的。

　　離開新疆的時候，炊事班的大叔給我裝了一個小麻袋的饢，不僅夠我在路上吃一個星期，還能夠帶回中原給我媽媽吃，送給親朋好友吃。

　　新疆人特別有生活的藝術細胞，饢的表面蓋印著各種各樣的圖案花紋，每家都有自己的花紋喜好。相比較之下，中原人的燒餅，更則重在實惠和口味，燒餅表面撒的是蔥花和芝麻。

　　離開新疆之後，幾十年過去了，我時常懷念的就是新疆的饢和羊肉湯，我念念不忘的也是新疆的饢和羊肉湯，時時刻刻回味著那年吃過的饢和羊肉湯滋味。

　　有一年的秋天，趕在十月北疆大雪封山之前，我重新回到了夢縈魂牽的新疆。

　　從美國西海岸出發，經過幾次的轉機，坐了二十多小時的飛機，我終於踏上了童年記憶中的疆土。幾十年的時光在不知不覺中悄然而逝，從飛機落地的那一刻起，我就迫不及待地四處尋找童年的記憶。飛機到達的時候，是新疆的半夜一點鐘，姐姐在機場等我。

　　新疆的城市建設變化是巨大的，從機場到酒店，一路上我尋尋覓覓，在燈紅酒綠的大街上，有些路邊商店還亮著燈。我發現，有一家食品商店的售賣檯子上，擺滿了琳瑯滿目的饢，大大小小的饢，有些裝在盒子裡，有些裝在塑料袋子裡，也有些擺在盤子裡。看著盤子裡的饢，我想，那應該就是我那從未忘懷的新疆「饢」。

　　幾十年過去了，新疆發生了翻天覆地的變化。

　　新疆的新城裡，饢都是被裝進精美包裝的禮品盒裡，擺在裝修亮麗的大商場櫃檯上，供成千上萬的外地遊客們購買。饢，也作為新疆的特色美食，擺上了五星級賓館的豪華餐桌上。新疆的旅遊業非常蓬勃興旺，所有的景區，都有饢被當作新疆民族特色的美食，作為伴手禮物，向觀景的遊客推銷。現代版新疆的饢，有十幾種口味和做法。有軟饢和硬饢，有發麵饢和油麵饢，有甜饢和咸饢，有大饢和小饢，有純饢和餡饢。而餡饢的口味又是五花八門，大多數的餡饢以牛肉或羊肉為主，另外加各種其他蔬菜和乾果。

　　當我們走到新疆老城區，這裡已經被新疆政府規劃，作為新疆歷史文物保留下來。在新疆老城區裡，還住著一部分新疆當地民眾，這裡的烤饢，還是土法手工製作的碳烤饢，這裡的烤

饢，才是我童年記憶裡珍藏的饢。老城區是土夯的建築，狹窄小巷的饢鋪裡，紅紅的土爐，黑黑的煤碳，汗淋淋地打饢的新疆小夥計，剛剛出爐的熱饢，勾著我童年的味蕾，呼喚著我童年的記憶，空氣中瀰漫著的，滿滿都是香噴噴的饢味道啊！

風雪中飛翔雄鷹

　　清晨起床時，窗外是一片金黃色，好一個晴朗的日子。

　　計劃中的行程，今天我們去登山，姐姐的朋友強哥，已經在大門口等待著。我趕快著裝簡單地出了房門，走到招待所大門口，一股寒風襲來，不禁渾身哆嗦起來。初秋的新疆阿爾泰山，比美國加州的深冬要寒冷許多。強哥穿著厚厚的登山夾克，看見我在清晨的寒風中發抖，就開起了玩笑：「呵呵，到底是年輕人，身體好，抗寒能力高哇。」我沒等強哥笑完，就沖回房間去，幸虧姐姐多帶來一件大衣，她關心地遞給我。我抓起那件大紅色的風雪大衣，急忙套在了身上，這一天的風景中，我這件大紅色的風雪大衣，最上鏡頭。

　　準備出發上山了，強哥和招待所門口的幾個工作人員在說著話，那些工作人員正在用雙手，搬抬著門前大道旁邊的一大堆石頭。

　　我好奇地問道：「他們搬那些石頭幹什麼？」。

　　強哥解釋說：「根據天氣預報，今天，或者最晚明天，山上就會有大風雪。如果大雪覆蓋了那些大石頭，以後上山的人們，可能就無法知道雪積下面的石頭，這樣很容易造成人命事故。」

　　聽罷強哥的解釋，讓我心中充滿了感動。在這個物慾越來越強的自私世界裡，我們依然能夠看到一群這樣無私的人們，他

們為其他人的生命安全著想。根據強哥的說法,他們這些工作人員,其實並沒有責任去搬那些石頭,這些石頭,是一個工程施工隊沒有處理完的建築材料。

阿爾泰山啊,你那純樸華實的風格,也孕育了山裡長大的人們,他們有著善良淳樸的品德,他們並不計較是誰的工作,是誰的責任,他們心裡惦記的是別人的安危。

一路上,強哥不斷地介紹著新疆北部阿勒泰地區的風貌。

這裡地通三國,其東與蒙古國接壤,其北與俄羅斯交界,其西與哈薩克斯坦相連,十二萬平方公里的土地上,生養著哈薩克、漢、蒙古、維吾爾、回等三十多個民族,其中哈薩克族佔地區總人口的半數以上。廣袤的土地,孕育了華夏奇美的山水,也撫育著千萬勤勞勇敢的北疆人民。巍峨的阿爾泰山,寬闊的準噶爾盆地,倒淌的額爾齊斯河,其中喀納斯湖區更被譽為世界上的一塊「人間淨土」。高山冰川、森林草原、河流湖泊、溫泉濕地、大漠戈壁,處處都是藏龍臥虎之象、渾厚雋永之韻。阿爾泰山來自於蒙古語,意為「金山」,因山中多產黃金,民間有「阿爾泰山七十二條溝,溝溝有黃金」的說法。

沿途我們經過了臥龍灣,也稱為「卡贊湖」和「鍋底湖」,其形狀像鍋底。它是喀納斯河在長期的沖刷之下形成的一連串岸線曲折的河灣,水面平靜,柔波浮動,水色碧綠,清澈透明,河灣中心是一塊植物茂盛的沙洲,酷似一條靜臥在水中的巨龍。河曲兩側古木參天,山坡上針葉闊葉原始森林密布,森林之上是層巒疊嶂的山峰。

大約行走一公里的路程,我們來到月亮灣,美麗靜謐的河

水，宛若嵌在喀納斯河上的一顆明珠。喀納斯河床在這裡形成「S」狀河曲，半月牙河灣迂迴蜿蜒於河谷間，水面平波如鏡。在上下河灣內，有兩個酷似腳印的小心灘，被當地人稱為「神仙腳印」。傳說是，當年西海龍王收復河怪時所留下的腳印，目的是用腳踩住河怪的精脈，讓它永世不得翻身。另一傳說，是講嫦娥專門來此偷食這裡的貢品「靈芝」，差點兒誤了升天的時間，匆忙奔月時留下了足跡。又一傳說稱，這是當年一代天驕成吉思汗在追擊敵人時健步如風留下的腳印。

　　走過一小段公路之後，我們看到街邊有一個牌子上寫著「聖泉」，就在公路邊的山體東側。抬頭仰望，高山之顛，沿著岩石的裂隙，緩緩滲透而下一小股泉水。據說，水質符合國家飲用水標準，飽含各種人體需要的珍貴礦物質，是蒼天賜與人類的天然飲用泉水。姐姐第一個勇敢地伏身去嘗試，喝著這蒼天所賜聖泉水。

　　不久，我們到達神仙灣。

　　因受到泥石流及崩塌堆積的堵塞，河面變寬，最寬處達700m，是景區內喀納斯河最寬的河段，河中有數個小島。河谷地勢平緩，在河岸地帶形成大片沼澤與草甸。湖周圍開闊的河穀草原上，棲息著種類繁多的禽鳥，成群的野鴨、大雁和天鵝等時常光顧此地。廣袤的草原上，牛羊在游閑覓食，白色的蒙古「敖包」星星點點，「敖包」前的地灶上，炊煙裊裊，與青山和白雲構成一副天然的巨型山水畫，令人賞心悅目。

　　不遠處，我們終於來到喀納斯湖，「喀納斯」是蒙古語，有兩種解釋。一說是「美麗而神秘的地方」；一說是「峽谷中的湖」。湖面形如彎月，平均水深90米，最深可達184米，是中國最深的高

山淡水湖泊，發源於阿爾泰山的主峰友誼峰南坡的喀納斯冰川，深藏在阿爾泰山南坡森林的懷抱之中，四周群山環抱、峰巒疊嶂、森林密布、草場繁茂，湖面碧波蕩漾，山與湖相互映襯，碧水藍天、青山白雲、雪嶺草甸渾然一體，湖光山色美不勝收。

由於大自然的神刀雕作，湖岸形成井然有序的六道灣，每一道灣都有一個神奇的傳說。第一道灣為一個巨大的羊背石，上面有兩處岩畫，好似一隻臥羊，昂首觀湖，臨湖生長一棵西伯利亞雪松，在翹首等待出征的英雄歸來。二道灣是湖水最深的地方，也是傳說中的「湖怪」紅龍魚經常出沒之地。三道灣有一處天然的觀湖台，每當夕陽西下時，站在平台上，眺望湖西岸的觀湖亭，好似偉人屹立於湖畔，在運籌未來的騰飛藍圖，因此也稱此山為「偉人山」。過了三道灣之後的湖灣，幾乎沒有什麼遊人涉足。據說，四道灣有一個美麗的湖心島，小島是一整塊浮出水面的巨石，上面樹木蔥鬱，五道灣湖畔有一座喜鵲山，轉過六道灣就到了湖的盡頭，壯麗的雪山和友誼峰冰川就在那裡，翻過雪山，就是鄰國俄羅斯。

三道灣觀湖台西邊，在海拔2030米的哈拉開特（蒙古語意為駱駝峰）山頂上，建有一個金色的涼亭，名為「觀魚亭」。據說，它是為了觀看喀納斯湖怪大紅魚而修建的，站在亭上可以看到喀納斯湖的三道灣。在強哥的帶領下，我們開始向山頂攀爬。到達觀魚亭，有九千九百九十九級台階，每一級台階，都用黑漆標著數字。強哥登山的身手不凡，一轉眼的功夫，連他的背影都看不到了。我們其他人，如老牛爬坡，一步三喘氣。終於登上了觀魚亭，我們幾乎用了兩個小時，強哥早就在山頂飽嘗大自然的

美景了。

　　金色的觀魚亭頂上，有三隻雄鷹的翅膀。

　　我不解地問強哥，「為什麼要設計裝飾這樣的三隻雄鷹翅膀？雄鷹不是應該有兩隻翅膀碼？」

　　強哥回答說，「哈薩克民族，是一個崇尚雄鷹的民族，他們把民族的英雄，強悍英勇的牧民們，都比做勇敢飛翔的雄鷹。」

　　舉目北望，喀納斯湖水被群山阻擋，山巒之中可清楚地看到阿爾泰山的最高峰：友誼峰。峰頂是雄偉壯麗的冰雪世界，猶如一塊光潔晶瑩的白玉，聳立於群峰之巔。看著觀魚亭頂上的三隻雄鷹翅膀，再遠眺著終年冰雪覆蓋的友誼峰，我的思緒回到了幾十年前的那段記憶。營地的圖瓦小青年阿桑，帶我登山游湖的時候，曾經講到，友誼峰上常年駐紮著守衛祖國的哈薩克族戰士們，他們隨時有可能會因為雪崩，斷糧，偷襲，犧牲了他們年輕寶貴的生命。

　　有關喀納斯「湖怪」大紅魚的傳說有很多，我更喜歡阿桑講的那個。

　　一位剛剛新婚的哈薩克族戰士，被派往了友誼峰的哨所，當天晚上遇到敵人的偷襲，戰鬥中負傷。戰鬥結束之後，又遇上了大風雪，戰友們沒有辦法及時將他送回山裡的營地醫院，這位年輕勇敢的哈薩克族戰士犧牲了，被大風雪埋在了友誼峰上。他的新婚妻子知道了消息，日夜在山裡冒著大風雪尋找自己的丈夫。最後，她化作了喀納斯湖裡的大紅魚，常年在山裡陪伴著她心愛的人。傳說，那位犧牲了的哈薩克族戰士，則化作了一隻雄鷹，每天飛翔在高山和湖面上，與他的新婚妻子世代相隨相伴。

　　每每回憶起這個傳說，都讓我感動落淚。那些常年守衛著祖國邊疆的勇敢戰士們，那些常年工作在山裡的工作人員，才是這大風雪中高山之顛飛翔的雄鷹。

　　下山的時候，黑雲壓頂而來，天氣預報還真準確，大風雪就要來臨啦！

　　回到招待所的時候，早上看到的那幾位工作人員，還在忙碌地搬抬著大道旁邊的石頭，早上那一大堆石頭幾乎快搬抬完，每個工作人員身上都只穿著一件單衣服，額頭上掛滿了汗珠。

　　我們一群人走過他們身邊，其中一位工作人員停下來和強哥打招呼：「老強哥，今天晚上，我們敖包相見！」

　　強哥回應著：「老哈們，我們在敖包等你們！」

　　我問強哥，「這位工人是誰啊？」

　　強哥答道：「他是我們這大山裡的父母官，風景區的主要領導之一！」

　　聽罷強哥的回答，我又一次深深地被感動著，他真是一個了不起的父母官，親自帶領工作人員一起，在風雪之中搬大石頭。他和那些守衛友誼峰的戰士們一樣，他也是一隻雄鷹，是這大風雪裡，我親眼所見的，一隻高山上飛翔著的風雪雄鷹！

去看看圖瓦人家

　　小時候去過新疆，懵懵懂懂的年紀，並沒有太多的感覺，只是有些記憶還在腦海裡藏著。如果有人談到新疆，便會勾起我的記憶。

　　那年離開新疆，一晃就是幾十年，現在又重回新疆，激動的心情難以描述。姐姐一家人陪著我重登了新疆北部的阿爾泰山，重遊了心掛神牽的喀納斯湖。儘管幾十個春秋過去了，儘管這幾十年我也去過不少名山大川，我心底對新疆山水的那份深情，依舊濃厚。在我的心裡，我還是認為，童年記憶裡新疆的山水，是世界上最美麗的山水。

　　現在是初秋，我們看到的阿爾泰山，則已經是深秋的景色。大部分的草場，現在都呈現著迷人的金黃色。路邊的白楊、柳樹、橙木，以及楓樹，已經落盡了最後一片綠色的葉子。有些樹木的枝椏上，還掛著幾片孤零零的秋黃和醉紅的葉子，山上的雲杉和冷杉一類的針葉林，則是翠綠無比。童年記憶中的那山，依然綿綿地靜臥在大地上，聆聽著歲月飛逝而去的歌謠。童年記憶中的那水，依然默默地流淌在山谷裡，撫摸著歲月滄桑留下的痕迹。

　　走走看看路上的風景之後，我們來到了喀納斯湖區，寒風撫摸著我們的臉頰，有初冬的感覺。沒有想到，喀納斯湖區的天氣這麼冷，幸好姐姐多帶了一件大衣，借給了我穿。

　　喀納斯湖區的好多東西都變了。

　　小時候來新疆，喀納斯湖是個自然湖區，只有放牧農人，林業工人，邊防軍人。曾經沉靜的山谷，如今，多了很多的探訪者腳步聲。曾經寧靜的湖水，開始在遊人們乘坐的遊艇馬達轟鳴之中，咆哮不休。曾經蜿蜒曲折的登山石路，已經修建成為平坦寬敞的水泥和柏油公路。曾經大片的圖瓦人村落消失了，現在只有所剩無幾的圖瓦人家。

　　小時候來新疆是夏天，是當地的圖瓦小青年阿桑帶我進山的，他家就在山上，他生活在圖瓦人的村落裡。記得那天，我們兩人一大清早就起床，來到一個路口，等待著過路的車子帶我們進山。大約十幾分鐘，一輛解放牌大卡車朝我們開來，阿桑揮了揮手，司機踩著剎車。阿桑似乎認識開車的司機，他們熱情地相互握手打招呼，他讓司機把我們載到半山的一個補給站下車。司機點頭說快上車，我們就背著書包和水壺，懷揣著幾個炊事班大叔剛剛打出來的熱呼呼的新疆饢餅，坐車上山了。到了補給站，我們下車徒步進山，不知道走了多久，背著的水壺已經空了，懷裡揣著的饢餅也吃光了。在落日時分，我們到達了一個圖瓦人家，疲憊不堪的我，坐在圖瓦人家的一個大皮氈上，就不肯動了。

　　阿桑和圖瓦人家的大叔大媽說說笑笑，很親切，很溫暖的氣氛，我一句也沒有聽懂，他們講的是當地話。一個時辰的功夫，大媽端著一盤子熱騰騰的「羊雜碎炒飯」，就出現在我的面前。疲憊不堪的我，好像是一隻尋找了食物很久的餓狼，看見那滿滿一盤羊雜碎炒飯，頓時眼睛發亮，精神倍增，如餓狼一樣的快速撲到食物前。

　　圖瓦大媽提著一個長嘴銅壺，拿著一個看起來破破的銅盆，再次來到我的身邊。我疑惑不解地看著圖瓦大媽，心裡在想，不會吧？大媽家裡沒有杯子嗎？我必須用盆子喝水嗎？

　　阿桑可能注意到我疑惑的眼神，他從暖爐那邊走到我身邊，大媽是想讓你洗洗手，別急著吃飯吧。把手洗乾淨，才能夠開始吃飯。

　　我看看那盤讓我流口水的羊雜碎炒飯，又看看大媽那飽經風霜的臉，我把手伸向大媽手裡的盆子，大媽開始提著銅壺向我的雙手澆水。洗乾淨手之後，我才搞明白，我們是用手抓著炒飯吃的，大媽給了我炒飯，並沒有給我任何吃飯的筷子或者勺子。小小年紀的我，用小手抓著這盤子炒飯，不停地往小嘴裡塞，那個炒飯是人間最好吃的美味佳餚，我幾乎很快就吃了半盆。

　　圖瓦人非常珍惜他們的羊群，因為那些羊是圖瓦人生命的依靠。宰羊之前，圖瓦人都會舉行一個盛大的感恩慶典。宰羊之後，羊的所有部位都會被圖瓦人充分利用。羊頭，羊肉，羊骨，羊皮的用途，眾所周知。羊的內臟，圖瓦人都是不捨得扔掉的，他們會把羊內臟經過多次清洗，然後放在瓦罐之中保存。到冬天來臨的時候，這些保存下來的羊內臟，就會被取出來，為全家人提供美味的食物。「羊雜碎炒飯」就是圖瓦人最常見的烹飪美食，他們把羊內臟剁碎，也叫羊雜，再放一些羊油在鍋裡，加入米飯一起炒。他們也可以用生米加水，混合羊雜羊油放進鍋裡，小火慢燉。羊油冬天容易凝固，炒好之後一定要趁熱吃下，羊油在寒冷的冬天有很強的暖身作用。

　　如今在來新疆，沒有機會在圖瓦人家吃到我懷念的「羊雜碎炒

飯」，姐姐帶我去新疆烏魯木齊的民族大酒店，在餐廳裡我嘗到了心心念念的羊雜碎炒飯。不過，這餐廳的大廚肯定不是圖瓦人！

圖瓦人，是蒙古族的一支，後來遷徙至喀納斯湖。在歷史的今天，走過漫長歲月的圖瓦人，是一個漸漸被人們遺忘的民族。他們留在大山裡生活的人口，年年減少，留下來的圖瓦人，依然沿襲著祖先游牧的生活方式。新疆北部的阿爾泰山地區，一年有大半年都在風雪之中，圖瓦人用樹木搭蓋小屋，屋子的一半面積，用來在寒冬的時候圈養自家的羊群，屋頂則是囤積羊草的倉庫，又可以為木屋保暖。每年夏天開始，圖瓦人就忙著囤積糧草，炮製羊奶酪，修補小木屋。

姐姐最貼心，這次行程裡，她專門為我安排了一個圖瓦人家家訪活動。忘不了的童年記憶，讓我心情激動。當我們走進山裡的一個圖瓦人家，這次的感覺有點不同，這是一個商業化的圖瓦人家。這個人家裡乾淨整潔，佈置井條有序，還有專門安排的男女演員，看上去是受過訓練的，為我們表演當地歌舞。如今，山裡面地道的圖瓦人村落已經不多了，遊客們只能夠在山上遠眺。

我們參觀和家訪的那一戶圖瓦人家，應該是旅遊局安排的一個景點，專門為接待遊客而特意裝飾過的，沒有了往日那自然而淳樸的圖瓦人家煙火氣氛，更沒有當年圖瓦大媽端給我的那盆子熱騰騰的美味「羊雜碎炒飯」。

五彩灘到布爾津

　　在北疆聖潔美麗的喀納斯湖飄雪的清晨，強哥帶著我們一行人開始下山。車窗外的山巒在漫天雪落風舞之中靜靜地屹立著，默默地接納著飄舞的白雪，像一位胸懷博大的長者，接納著來自天上和地下的萬物，接納著來自地球每一寸土地上的來訪者。

　　車行數十公里的盤山公路，大家一邊陶醉在窗外奇美的景色中，一邊聽著強哥向大家介紹著下一個遊覽景點，「白哈巴村」。

　　白哈巴村是個風景秀麗，民風淳樸的小山村，不張揚地遠離塵囂，遠離現代社會所謂的文明，是一個典型的「圖瓦人」原始村落，這裡的一切都保存著原始的自然生態。那山還是幾千年前的山，那村落還是百年前古樸原始的村落，村裡那些尖頂的小木屋，還是沿襲著古人建造的手工藝術，以及傳統外觀上的歐式鄉村特色。

　　這個村落裡的圖瓦人信奉著「喇嘛教」，追溯歷史，他們應該是蒙古族人，除了圖瓦人之外，白哈巴村裡還居住著一部分哈薩克族人。強哥突然問大家，有誰知道白哈巴村裡，什麼食物最有名嗎？大家七嘴八舌地胡猜了一通，什麼「烤羊肉串」，「手抓羊雜碎飯」，「香煎牛排」……強哥哈哈地笑著，大家都沒有說錯，但是，最有名的是「羊肉湯」！看看窗外的漫天大雪吧，

當寒風大雪中的辛勞牧民，回到他們的小木屋裡，最想的就是喝上一碗香噴噴熱暖暖的「羊肉湯」，一身的寒意頓時消失無蹤影啊！被強哥這麼一說，我們大家口水橫飛，巴不得立刻也能夠喝上一碗圖瓦人小木屋裡的「羊肉湯」。

曾經到過白哈巴村多次的強哥稱讚，這裡是一個讓人有幸福感的童話世界，日落日出，牛羊滿坡，藍天白雲，小溪潺潺，炊煙裊裊。特別是秋天的白哈巴村，風中飄舞的楊樹掛滿了金黃的葉子，山腳邊高高的樺樹葉子則是夕陽彩霞一般火紅，小溪畔的落葉松針葉氏淺綠中微黃，山巒上曾經綠油油的草甸子變成褚紅色，終年白雪覆蓋的山峰在藍天的襯托中，這一切的美麗，彷彿是畫家筆下精心描繪的一副斑斕絢麗的山水巨畫。

看著車窗外越下越大的雪，強哥有點擔心了，去白哈巴村的路只有一條小路，這雪要是這麼不停的下著，我們的車就無法在白雪覆蓋的路上行走，恐怕今天的行程與白哈巴村無緣了。

我對大家說，沒有關係，今天不去白哈巴村，我想這是老天爺故意為我們安排的。這麼美麗的原始村落，如果我們今天去到了，由於時間有限，也只能夠是走馬觀花地看看，因為我們今晚還要趕路去阿勒泰住下。老天爺覺得，讓我們這次留下一點遺憾，下次再來。強哥與當地工作人員聯繫了，大雪已經把通往白哈巴村的道路覆蓋了，汽車行走厚厚的雪層裡，是非常困難和冒險的，強哥決定改變行程，我們的下一個景點是五彩灘。

儘管阿爾泰山上的喀納斯湖區飄舞著漫天大雪，儘管白巴哈村和那條進村的靜謐小路，都在白雪的覆蓋之中，五彩灘則是連朵小雪花都看不到。但是，天空時而有一堆堆的濃雲飄過，將那

東方的太陽隱藏起來，秋風撲面，不免讓大家把脖子都縮進了外
套的高領裡。

　　五彩灘在北疆阿勒泰地區布爾津縣內，往哈巴河縣的方向開
了不到一小時，我們就到達了。五彩灘國家地貌自然公園裡的遊
人不多，毗鄰的額爾齊斯河靜靜地從園區內流過，這條河很長，
最後緩緩地匯注到北冰洋裡了。碧波蕩漾的河水，秀美得令人流
連，河畔蔥蔥鬱郁的小樹林，倒映在清澈寧靜的河面，就像一群
美麗的新疆姑娘在河畔梳妝照鏡子。一眼望去的五彩灘，就像是

五彩灘到布爾津

一個不小心的畫家，將他所有的彩色顏料，潑灑在了大地這張巨幅的畫布上面。

從園區內講解牆，我們了解到五彩灘，是一種世界有名的雅丹地貌，千百年來，曾經洶湧的河水激烈地沖刷著，曾經狂放不羈的烈風施虐著，河岸的岩石層受到的侵害程度不一樣，岩石中所含的礦物質，就按照不同的層面，高高低低，錯錯落落，就出現了如此五彩斑斕的美麗圖畫。這些岩石層，有紅色的，土紅色的，淺黃色的，淺綠色的，灰沙泥土色，自然交錯盤橫，形成各

種各樣的奇幻圖形和立體造型，例如有些看似彩色古堡，有些則如同五彩怪獸。秋風刮過，有些岩石空洞就會發出陣陣怪異的聲音，充滿神秘虛幻。

在五彩灘公園一陣狂拍亂照之後，我們大家收起照相機，開始思念剛才強哥所講的充滿誘惑力的「羊肉湯」，蜂擁地搶著上了汽車，帶著胃腸的極度渴望，準備去布爾津小城迎接一頓美味的北疆大餐。

從五彩灘到布爾津小城，只有二十多公里的路程，打個盹的功夫，我們來到了布爾津小城，雖然我曾經在世界各地見過許多小城，當我走在布爾津小城的街道上，還是有點不相信我自己的眼睛，「布爾津」小城，才是世界上名符其實的小城。

一條街道，還是最近才新修建的，政府的職能部門，幾家小型商店，還有屈指可數的幾家小酒店，都在這條街上。布爾津小城，歷史上的古代稱呼是蒙古西部草原，秦漢時期屬於匈奴，三國時期屬於鮮卑，南北朝時期屬於柔然，隋唐時期屬於突厥，直到元朝，才隸屬中央政府管轄。布爾津小城的街道，與美麗迷人的額爾齊斯河平行，因為這條美麗的河，蘇聯人將他們足跡留在這個小城。1952年，新中國百廢待興的艱難時期，蘇聯航運公司的要員們，決定充分利用額爾齊斯河，進行兩國的商務往來，就在美麗的河畔，蘇聯航運專家們建造了一幢蘇聯航運樓，和一個中蘇通航碼頭。

現在，這兩個地方都成為了布爾津小城的特色景點，那幢位於河濱路上的洋樓，是非常典型的俄羅斯建築風格，讓人走過的時候，還能夠嗅到俄羅斯民族的遺風。滄桑歲月，前塵舊夢，這

兩處保存完好的建築物，把人們的記憶拉回到歷史的昨天，昔日的喧鬧，可以在門前高大的楊樹里再現，君不見新中國的改革開放，讓這個北疆偏僻的小城又熱鬧起來。

　　每年，來自世界各地的遊客紛紛，想去夢幻般的喀納斯湖，布爾津這個小城是遊客們的必經之地。經過布爾津小城的遊客們，都會情不自禁地來到美麗迷人的額爾齊斯河畔，站在俄羅斯洋樓門前高大的楊樹下，品味著當年俄羅斯的舊夢。

　　同樣是在河濱路上，額爾齊斯河畔，相隔不是很遠，還有三處風格類似的俄羅斯建築物，前蘇聯領事館住布爾津辦事處，前中蘇合營有色金屬轉運站辦事處，還有一處是蘇聯辦事處的招待所。1952年的布爾津曾經是繁華和熱鬧的，一到額爾齊斯河的漲水汛期，俄羅斯的船隊排著長龍開出新疆，滿載著新疆的自然資源「礦石」，「木材」，以及味道鮮美的牛羊和水果。俄羅斯人給中國人運來的，都是「煙酒，糖果，罐頭，日用品，茶葉糕點，麵包，巧克力」等等消費品。

　　在五彩灘的時候，我們還沐浴在寒冷的秋風和陰冷的濃雲覆蓋中，到了布爾津小城，這裡卻是晴朗的藍天，悠悠的白雲在藍天上清閑飄蕩，彷彿到布爾津來流連的遊客心情。姐姐不禁感嘆，這裡的藍天，這裡的白雲，這裡清新的空氣，都是大城市城裡的稀罕物品，要是能夠把它們都帶回到我們居住的地方去，該有多麼的好。可惜，我們無法帶走布爾津的一片雲朵，更不要說藍天和空氣，我們能夠帶走的只有我們快樂的心情，以及我們將來對美麗溫馨的布爾津，深情的眷念和長久的回憶。

蒙古包裡的美味

　　新疆北部的十月，是油畫般多彩多姿十月，也是山裡牧民們準備過冬的忙碌時節。所有的牛羊都要入圈，足夠的糧草必須囤積存倉。

　　阿爾泰山的天氣，如同變戲法一樣，是說變就變。早上還是晴朗的藍天，下午就開始看著山頂上黑壓壓的烏雲，牧民們都知道，這是大風雪會就要來臨啦！我們在擔心大風雪會把我們留在了山裡，不能夠及時下山，更別提趕上從烏魯木齊回北京的飛機航班。長年行走在這大山裡的風景區領導老哈，不急不憂地告訴我們，大家不用擔心，別被這滿天的黑雲嚇到。今晚大雪還不會落下來，我們今晚還有一個特別的晚餐，晚上如果大家願意，我們還可以來一個「敖包相會」。

　　今天帶著我們登山游湖的強哥，和領導老哈打了一個招呼之後，就領著我們一路加緊步伐，往山裡的一片林子走去。穿過一片青綠色的冷杉林子，前面是一小塊開闊地，隱隱約約地，我們可以見到幾個白色的蒙古包散在林間，點綴著這黃昏時分蒙朦朧朧的綠色世界，如同一幅畫家筆下的水彩畫。

　　我們走向了其中一個蒙古包，門前有一個哈薩克族姑娘，正在為我們準備晚餐。炊煙裊裊，羊肉的特有香味飄散在濃郁的林子裡，極其有誘惑力地勾出了我們飢餓的胃酸。經過了一天的登

山運動，還真的讓大家飢腸轆轆。

蒙古包裡的晚餐，對我來講，真的是一個非常特別的晚餐，在阿爾泰高山上的密林裡，在哈薩克牧民蒙古包裡，這樣的晚餐一生能夠有幾回？我簡直不敢相信自己的眼睛，那種我曾經在銀幕上目睹過的，在歌聲裡聽聞過的，在夢幻裡暢想過的哈薩克游牧民族的蒙古包，現在真實地出現在我的面前了。

蒙古包，其實是蒙古族游牧民居住的房子，是他們的家。蒙古包基本上是呈圓形的，面積有大有小，大的蒙古包可以容納到600人之多，一個家族或者一個小的牧民群居所用，小的蒙古包則可以容納10到20個人，以一個小的家庭為單位居住。蒙古包的結構大致是由門、哈納（牆）、奧尼（椽子）、圓形天窗等四部分組成。大部分牧民蒙古包的門是木框製作的門，哈納是由一些柔軟的細木杆編製成菱形網片，然後在網片的外圍，牧民們用油氈子鋪蓋製作成為圓形的圍壁，其中加以柳木椽子，還有皮繩和鬃繩，用來將圍壁牢牢地固定起來。蒙古包，一般是搭建在水草適宜的地方，地上比較柔軟舒適。架建一個蒙古包，對生活在牧區的牧民來說，不過是一件輕車熟路的簡單活兒。建一個蒙古包之前，找好場地，根據自己要建的蒙古包大小，在地上先畫一個範圍出來，然後開始按照所畫的範圍大小搭建蒙古包。

我們和門前正在忙碌的哈薩克姑娘打了一下招呼，她是一個害羞的姑娘，看見我們一群人，臉上立刻菲紅起來。我們還擔心她會聽不懂我們說的話。強哥說，現在新疆有文化的少數民族群眾，基本上都能夠聽說漢語。

這個蒙古包外形看起來感覺很小，掀開門簾進去，才發現

其實不然。包內使用面積非常大，一張床，就佔了包內三分之一的地方。如其說是床，還不如說是「炕」，沒有床的靠背架，只是一個半圓形的木頭「炕」，估計睡十個人都沒有問題。靠著圍牆，一溜彎滿滿地擺著摺疊整齊的棉布被子，和北方人家裡「炕」上的擺法很像。哈薩克姑娘告訴我們說，到了晚上，一家人都是睡在這個床上面的。

　　不一會，姑娘擺了一張長方形的短腳桌子到床上，端上了幾碟餐前食品，然後請我們都坐在床上，這是哈薩克民族在家接待客人最隆重的禮節，讓我們感動不已。我們大家一起圍著桌子坐起來，迫不及待地開始品嘗那些哈薩克民族特色的點心。桌上有兩碟黃燦燦的煎果子，形狀就像金色的元寶，和漢族的吉祥富貴意義相同，傳統上是在哈薩克民族喜慶的節日時，才會吃到這樣的點心，其實煎果子不是煎制的，而是用油炸的，因為麵粉是用羊奶調和的，味道特別清脆而香酥。還有一碟是草原牧民奶酪，一口咬著非常的硬，吃到嘴裡開始軟化，羊奶的濃酸中帶一絲絲的香甜。這碟奶酪是哈薩克姑娘親手打制出來的，每年的秋天到來之時，草原上家家戶戶都會趕著制出這樣的奶酪，以便在缺乏食物的嚴寒冬季裡，一家人可以有充分的營養食品來食用。另外一碟是酸奶子，像豆腐塊一樣雪白滑嫩，配著幾小碟的調味料一起吃，這就是地道的草原風味。

　　夜幕降臨的時分，蒙古包外開始刮著呼呼的寒風，包內則溫暖如春，一個我曾經在七十年代用過的生鐵取暖爐子，擺在蒙古包的中央，爐火正旺，鐵皮的煙筒直直的向上，穿過蒙古包頂部的一個透氣口。晴朗的日子裡，頂部的透氣口是開著的，這樣可

以讓室內空氣流通，採光效果增加，寒冷的冬季和雨雪的季節，牧民們就會關上頂部的透氣口，保持著包內的冬暖夏涼。

哈薩克姑娘給每位客人都斟上了滿滿的一碗馬奶子茶，馬奶對於草原上的牧民們來說，是很珍貴的食物，而我們卻得到了這麼高貴的款待，我拿了一個空碗，倒了半碗給哈薩克姑娘遞過去，她卻怎麼也不肯喝，她說這是給遠方來的客人的。端起那碗濃濃馬奶子茶，我感覺端起的不是普普通通的一碗奶茶，而是盛滿了哈薩克民族淳樸和善良的心，讓我心中充滿了感激之情。

一邊吃著哈薩克點心，一邊喝著哈薩克奶茶，一邊看著哈薩克姑娘一個人忙出忙進，心裡過意不去，但是也幫不上忙。就在一桌子菜上齊的時候，領導老哈風塵僕僕地走進了蒙古包，手裡還提著幾瓶酒。無酒不歡，無酒不成席，大家七手八腳地就把酒倒滿了。這位哈薩克族的領導老哈先舉杯，歡迎遠方的客人們，那股哈薩克民族的熱情和豪氣盡現在眾人面前。晚餐桌上最經典的菜肴，莫過於是那盤「手抓羊」，那是一隻肥嫩的小羊，為了我們這頓晚餐，哈薩克姑娘忙著燉了半天的羊。這盤「手抓羊」的菜一上桌子，平時看上去斯文的我們，頓時都脫下了斯文的外衣，變成了一頭頭飢餓的狼。

酒足飯飽，我不禁好奇地問老哈，今晚我們這就算是「敖包相會」了嗎？

他開懷地大笑地說，你不是唯一搞錯「敖包」和「蒙古包」概念的人，時常會有從新疆以外地區來的人，混淆著這兩個概念。

我問，此話怎講？我記得在1952年，蒙古族作家瑪拉沁夫寫了一個短篇小說《科爾沁草原的人們》，後來被改編成了電影劇

本《草原上的人們》。1953年，長春電影製片廠開機拍攝成為電影，歌曲《敖包相會》就是此片中的一首插曲，根據海拉爾河畔的一首古老的情歌創作而成，當時這首歌紅遍祖國的大江南北，三歲的孩子都能夠唱幾句。我一直以為，歌裡所唱的敖包，就是眼前的這種溫暖的蒙古包。

　　敖包，最早是草原上的游牧民族用作道路或界域的標誌，一般是用一堆石頭堆砌成台，在茫茫的沙漠之中，找不到石頭，牧民們就用柳條堆成一個大堆。後來，敖包就演變成為了草原牧民們祭祀山神和路神的地方，牧民們每年在六七月間祭敖包，祭敖包時，人們都要身著盛裝，從四面八方來到敖包前，把帶來的石塊加在敖包上，用哈達、綵帶、祿馬旗等物將敖包裝飾一新，然後將鮮乳、奶酪、黃油、白酒、磚茶等物品擺放在祭包前的祭案上。儀式結束之後，就會舉行傳統的賽馬、射箭、摔跤、唱歌、跳舞等娛樂活動，年輕美麗的姑娘們和勇敢威武的小夥子們，則藉此機會躲進儀式的敖包裡，談情說愛，互訴衷情，這就是草原上牧民們常常說到的「敖包相會」。敖包，起源於蒙古高原，但並非只存在於蒙古高原，凡是蒙古族人群相對集中居住的地方，例如在新疆的天山、內蒙古草原、青海草原和東北半農半牧區，處處都可以見到這樣類似的敖包。

　　蒙古包的晚餐，在一陣陣的《敖包相會》歌聲中，繼續進行著。

戀戀難忘禾木鄉

　　我們在新疆游過了秀美純淨的喀納斯湖，看過了色彩迷人的五彩灘國家地質公園，錯過了白哈巴村天堂般的景色，品嘗過了布爾津小城兵團食堂版的美食，聽過了布爾津小城久遠的故事。

　　現在，我們摸著鼓鼓的胃饟，拖起沉沉的行李箱，帶著濃濃的觀遊興致，離開了小小的布爾津城，我們的領隊強哥宣布，下一站的計劃，是前往北疆最繁華的地區，新城阿勒泰。

　　阿勒泰，即是ALTAY的發音，為哈薩克語「六個月」的意思，六在哈薩克語中發「阿勒特」音，即ALT，月發「阿依」音，即AY，相加起來就發出了「阿勒泰」音。

　　為什麼要稱之地區為「六個月」呢？

　　因為，阿勒泰地區的面積頗大，草原上的人們騎著馬兒行走，也需要六個月才能夠橫跨阿勒泰地區。另外，阿勒泰地區的北部，幾乎有六個月的時間都是冬季，而春季和秋季的時間非常短暫，與炎熱的夏季組合成另外的六個月。阿勒泰地名的來歷，這種六個月傳說，在哈薩克牧民中廣為接受。

　　阿勒泰地區的北部是「阿爾泰山」，在新疆哈薩克民族語言中，它漢語的意思為金山，這裡的確是一塊名符其實的金山之寶地。

　　西北邊陲與哈薩克斯坦相通，新疆人和哈薩克斯坦人之間有

著許許多多的貿易往來，這來來往往之下，自然是讓人們的口袋裡也變的鼓鼓滿滿。

　　北方邊境與俄羅斯聯邦的西伯利亞管區阿爾泰共和國相連，依著雄偉俊秀的阿爾泰山脈，為常年在這裡居住的人們提供了豐富的森林和礦產物質資源，同時也給這裡的居民提供了許多獨特的娛樂和體育活動。

　　阿勒泰地區北部山區3200米以上為永久積雪帶，一年有一半的時間是寒冷的冬天，我們來到新疆阿勒泰地區，已經是十月初了。山上已經有厚厚的積雪了，銀白的世界，讓這裡的孩子們有了天然的滑雪場地。

　　阿勒泰地區中部是丘陵盆地，那裡是游牧民放牧的主要地方，也是新疆農牧民和新疆建設兵團第十師紮根的地方。北屯鎮，在新疆阿勒泰地區中部的名氣不算很大，也沒有什麼遊人會關注。但是，如果你們家裡曾經有親人和朋友，是新疆建設兵團的一員，那你就永遠不會忘記這個不引人注目的地方。在路途上，當地的工作人員小陳給我們大家講了許多輕鬆快樂的故事，就像那額爾齊斯河的流水一樣連連不斷。

　　我們的車，一路穿行在北疆的醉人的禾木鄉。

　　禾木鄉位於新疆的北部，在額爾齊斯河支流禾木河畔，這裡的居民多為哈薩克、蒙古族人，他們住的木板屋散布在山谷空地。禾木河自東北向西南流淌，鄉村山野風光多彩而自然。金秋季節層林浸染，一派典型的北疆金色世界。登上禾木鄉西側山坡，這裡號稱當年鐵木真的點兵台，可以俯視禾木鄉全景，是拍攝日出、晨霧、木屋、禾木河的好地方。

　　清晨，禾木河谷霧氣騰騰，村落裡炊煙裊裊而上，靜靜的白樺林裡微風吹過，雲霧飄渺。傍晚，禾木河落日和金色的叢林相映成輝，會讓人們聯想起天上人間的美景……所以禾木鄉是來新疆旅遊的好去處，自古有「神的自留地」之稱！

　　我們乘坐的汽車，開始翻越阿爾泰山脈，道路坑窪不平，司機盡量減慢速度。

　　到達達禾木鄉，小陳介紹著，禾木鄉沿途大致有十多公里，一路的風光很美。車行到一座橋，這是座很有特色的橋，叫布爾津大橋。橋面是用木板鋪設的，橋樑則是巨大的鋼架，橋長大概有十幾米，車輛很快通過，橋寬達幾米，兩輛車通行有點困難，橋離下面的溝壑有將近十多米。

　　過了橋之後，大家下車拍一些冬天的白樺樹，樹葉黃黃綠綠紅紅，很有一種油畫的感覺。山間，曾經漫山遍野開滿了鮮花，現在山上的野花基本都凋謝。高高的山峰上，挺拔的松樹林傲視著嚴寒，

　　禾木鄉是圖瓦人的家，這裡也有很多哈薩克牧民生活在這個小山村。禾木鄉在一個山谷之中，四面環山，居民的房子基本是木頭搭建的小木屋，星羅棋布地散在於禾木河畔。雪山，松樹林，白樺樹，都是這裡的主人，靜靜地與禾木河水一起，為這裡生活的牧民帶來安詳。

　　山頭上有個觀景台，應該就是傳說中的鐵木真點兵台。不過，看上去是當地人配合旅遊局，專門搭建給遊客的觀景台。當地牧民提供收費馬匹載遊客觀景拍照。登上觀景台，那驚艷的大自然美景讓我們感嘆，此景只應天上有，人間竟然也可觀！遠處

是皚皚的雪峰，近處是起伏的山巒，天空是朵朵白雲，腳邊是潺潺流水。

禾木鄉是著名的圖瓦人山村，據說，目前在新疆，只有三個圖瓦人村落，一是禾木村，二是喀納斯湖畔的小村，三就是白哈巴村。我們已經去過了二是喀納斯湖畔的小村，家訪了小山村的圖瓦人家。這裡我們就不再進行圖瓦人家的參觀，我們的重點就是來觀賞這裡迷人的大自然畫卷。在禾木鄉，無論我們把鏡頭對準哪裡，都是一幅人間那得幾回有的精品大作。那山，那水，那樹，那雪，那裡的山山水水，那裡的一草一木，那裡的山村人家，那裡的炊煙裊裊，都是人間最美麗的生活畫面。

回望之旅

美華文學十八載

　　僅以此文紀念美國華人文學家黃運基先生，以及他創辦的美國《美華文學》雜誌創刊十八周年。

　　當一個孩子從出生成長到十八歲的時候，那是一個多麼美好的年輪，青春，陽光，熱烈，激情，浪漫，生機，茁壯。可是今天在美國，從創刊成長到十八歲的純文學雜誌《美華文學》，卻是在掙扎，痛苦，抉擇，失落，無奈，甚至面對著隕落的命運。不是《美華文學》雜誌的作品有問題，也不是沒有作家寫作投稿的問題，是現代物質社會的高速發展，在改變著讀者對閱讀物的需求和口味，是現代日新月異的高科技迅猛發展，在取代舊時代的閱讀習慣和方式。

　　當春天到來的時候，我以為寒冬已經過去，萬物生長的時節來臨，卻得知那春天生機的時節不屬於《美華文學》，創始人黃運基先生的逝世，雜誌社資金的短缺，許多讀者的逃逸，前任雜誌社負責人的卸擔，讓這份美國唯一的華文純文學雜誌《美華文學》，如同一個被遺棄的孩子，是那麼的無助無望，是那麼的有氣無力，等待著「她」的命運似乎就只有死亡。

　　1995年2月，美國華人界知名的文化人黃運基先生，創辦了一份《美華文化人報》，是雙月刊的文學報，到了1998年6月，因為種種的問題，這份《美華文化人報》被迫移名為《美華文學》雜

誌，後來改為了季刊。黃運基先生歷任許多年的雜誌社社長，同時擔任美國華文文藝界協會名譽會長、時代翻譯有限公司總裁。

2006年年初，因特殊原因，該刊物曾暫停出版達一年之久，後來黃運基先生多方奔走，四處尋求解決問題的渠道，承蒙舊金山僑界朋友們的關懷和支持，以及《美華文學》編輯部同仁的努力，終於決定於2007年春季繼續出版。

2010年，高齡78歲的黃運基先生身體健康急劇惡化，腎臟功能衰竭，需要靠醫療方法維持每天的生活，但是他心裡最放不下的事情，卻是陪伴了他晚年人生十五年的《美華文學》雜誌。這是一份由他親手創辦的民營的純文學雜誌，辦雜誌的錢都是由黃運基先生一個人籌集，雜誌的稿源由美國華文文藝界協會會員們提供，當然也接受非會員的投稿。

在病中的黃運基先生，多次對美國華文界的朋友們談著《美華文學》的未來，希望有人能夠將這份頗有口碑和聲望的美國華文純文學雜誌，一直傳承和辦下去。黃運基先生的願望，喚起了許多熱愛文學的人士的激情，他們開始到處尋找這樣的人士，能夠接手《美華文學》雜誌的全部工作，最後由美國灣區的知名女作家張慈接下了這個擔子。

2011年的秋天，黃運基先生將這份刊物，交給了女作家張慈所屬的美國硅谷女性聯合會，女作家張慈擔任雜誌社的社長。《美華文學》翻開了新的一頁，在張慈社長的努力之下，《美華文學》第80期冬季刊，由美國華文文藝協會和美國硅谷女性聯合會攜手主辦的。

到了2012年《美華文學》第81期春季刊編輯出版的時候，

已經完全由美國硅谷女性聯合會獨立主辦。雖然黃運基先生已經把《美華文學》的接力棒交出去了，不再籌款，徵稿，審稿，選稿，定稿，但是他依然關注著每一期的出版，詢問發行的情況，有時候也推薦幾篇優秀的稿件。

2012年12月21日是冬至日，冬至是陰陽轉換的關鍵節氣，是龍年，很多人謠傳這一天是所謂的世界末日。可是世界依然存在著，地球也還在正常地運行著，而我們美國華人草根文學的旗手，《美華文學》雜誌社的創始人，常年的雜誌社社長黃運基先生，卻病逝於美國舊金山。

我不知道黃運基先生走的最後時刻，他是不是還放不下他的《美華文學》，聽他的家人說黃運基先生走得很安詳，走得無牽無掛。

2013年的《美華文學》第85期春季刊，我們編輯部用了幾乎一半的期刊版面，來發表悼念黃運基先生的作品，其實就是用了這本雜誌所有的版面，也登載不完美國文友對這位黃運基先生的哀思和悼念。

追思會之後，美國灣區的知名女作家張慈社長宣布辭職，建議關停《美華文學》這本有著十八年輝煌歷史的雜誌。面對雜誌社創始人黃運基先生的病逝，面對雜誌社社長的辭職，面對捉襟見肘的雜誌社財務狀況，我們該怎麼辦？

許多文友都對這本雜誌依依不捨，編輯部的部分成員，和美國硅谷女性聯合會的大部分理事，也都覺得放棄了《美華文學》非常可惜。如果不停刊，不放棄，辦雜誌的資金在哪裡？讀者又在哪裡？如何讓《美華文學》延續下去？

　　有人推薦我出來為黃先生和黃先生嘔心瀝血的這本《美華文學》雜誌盡一份心，出一點力，看看是否能夠把黃先生的精神傳承下來。可是，各方面的困難擺在面前，面對這一系列的問題，我該如何著手將這本雜誌辦下去呢？

　　平面文學雜誌刊物的窮途末路時代已經來臨，電子版的信息與數據互聯網時代，用排山倒海之勢沖刷淘汰著傳統的平面媒體。

　　《人民文學》雜誌，曾經在中國大陸的純文學雜誌群中獨領風騷，是中國作家協會的直屬刊物，每月一刊，這本雜誌創刊於1949年10月25日，它是中國當代文學的代表性刊物之一，刊名為郭沫若先生所題。《人民文學》得到中華人民共和國政府領導人的支持，在第一期上刊登了毛澤東主席的坐像，並印有毛澤東主席為創刊號所寫的手跡：「希望有更多好作品出世」。創刊號上登載了「魯迅先生逝世十三周年紀念」專輯，雜誌的第三期則是「慶賀斯大林七十壽辰詩輯」。

　　《人民文學》雜誌社早期經常創作的作家有：方紀、田間、呂劍、何其芳、周立波、洪深、秦兆陽、袁水拍、孫犁、馬烽、康濯、張庚、賀敬之、楊朔、碧野、趙尋、劉白羽、蕭殷、蕭也牧、關露、卞之琳、老舍、徐遲、馮雪峰、靳以、巴金、柯靈、魏金枝、唐弢、徐調孚等作家，最早的主編是茅盾，副主編為艾青，編委則有艾青、何其芳、周立波、趙樹理等。就是這樣一份實力如此強大的文學刊物，有國家和政府出錢維持的權威雜誌，今天也同樣面對高科技時代的挑戰，面對平面純文學雜誌出版讀物的讀者減少的困境，更何況我們這本在美國民營的小雜誌《美華文學》。

　　作為一個長期的文學愛好者，一個十幾年來《美華文學》雜誌的忠實讀者，我的內心深處對「她」是有著一份深厚的感情的。如果讓黃運基先生創刊的《美華文學》雜誌，完全從這個世界消失，對於那些忠實的讀者們，心頭的那份沉重和心痛是可想而知的。我猶豫著，要不要站出來為《美華文學》的命運做點什麼？我該做什麼？我又能夠做什麼？

　　最近，在網上讀到《長江文藝》主編兼社長劉益善先生，對純文學的未來的一些觀點，似乎在對我的猶豫發生一點影響。劉益善先生說，純文學期刊的出路只有一條：堅持下去！

　　《長江文藝》創刊於1949年6月，在解放大軍解放武漢的隆隆炮聲中。創始人為郭小川、李季、俞林、於黑丁等。當時為中南局的雜誌。1966年文化大革命中停刊。1973年5月復刊，改名為《湖北文藝》。1979年恢復《長江文藝》刊名至今。《長江文藝》號稱新中國第一刊，現為湖北作協會刊。就像《人民文學》一樣，都是國家養著的純文學刊物，他們的工作人員都拿著國家的俸祿，吃著公糧。

　　「堅持下去！」對於這樣由國家支撐的純文學刊物，應該不是什麼難事。其他的純文學刊物，面對純文學期刊市場的窘境，如果沒有來自政府的財力支持，許多純文學刊物必須改弦易轍，必須迎合現代讀者的口味而向通俗、時尚靠攏，要生存，就要努力使刊物上所發的作品更貼近現實、適應讀者市場的需求，現代社會是市場經濟，沒有市場的產品，只能夠被市場所淘汰。純文學期刊最大的弊端是什麼？它的出路在哪裡？

　　有些雜誌社，不想放棄平面紙版期刊，但是又不得不適應互聯

網的時代衝擊，於是就把平面紙版期刊與網絡出版結合起來做，把紙版期刊搬上網絡，讓現代讀者依然能夠閱讀到純文學作品。平面紙版期刊的市場在日益萎縮，但是個人出書的平面紙版市場成長迅猛，尤其是個人的短篇文章集，在出版發行業績上獨佔鰲頭。

我是在十幾年前的時候，一個偶然的情況下，知道美國舊金山有《美華文學》這樣的一份純文學雜誌，而且還是由一位熱愛文字的老人獨立籌款經營，心中的那份感動無言以述。

2004年3月的一天，一個黃昏時分，我在美國舊金山認識了曾寧女士，她當時是一份平面媒體「明報」文學版面的編輯，她也曾經是上海電影製片廠的一位重量級的美麗女演員。我們因為對文學的共同熱愛，在一個美國的文學網上相識了。她那時候很瘋狂文字，也喜歡見網友，曾經有很多網友在網上談得很熱乎，一熱乎了她就張羅著網友見面。於是，我們就在網上敲定了見面，她還約了其他幾位文學網友，我們在美國舊金山日落區的一家中國餐館見面。

記得那天晚上見到的網友是：程寶林，沙石，曾寧，奧依藍，夏雪，夏雪的先生，以及夏雪的兩個可愛的小寶貝。夏雪一家人是從美國的洛杉磯趕來舊金山和我們相見的，那天晚上我們聊得非常的投緣，我知道了他們這些網上的文友，都在為一份民營的雜誌《美華文學》寫稿，程寶林先生當時擔任這份雜誌的責任編輯工作。見面之後，曾寧女士熱情地邀請我加入一個舊金山地區的文學社團：美國華文文藝界協會。當時的協會會長就是我們尊敬的黃運基先生，我欣然同意了。入會的方法和手續相當簡單，填一個表格，附上一張20美元的支票，就搞定了一年的會員費。

　　加入了美華文協之後，幾乎每個月都有一次的會員聚會，有時候是在舊金山唐人街的中華商會的會議室，有時候是在舊金山市立的圖書館，有時候是在舊金山的金門公園裡，有時候則是在劉荒田，程寶林，曾寧，或者是黃運基先生的家裡。

　　協會的活動基本上包括：作家們出版的新書發布會，著名作家的作品讀書會，請中國大陸一些知名作家來美的演講座談會，聖誕節和新年的會員團聚慶祝會，春天或者夏天在舊金山公園的燒烤聚會，舊金山地區華人社區的活動。還有其他很多華人社團的活動，我們也去參與和支持。

　　成為會員之後，我從曾寧秘書長手中得到的第一本免費的《美華文學》雜誌，就是《美華文學》2003夏季號期刊。美國華文文藝界協會（簡稱美華文協）主辦，社長：黃運基；主編：劉子毅；責任編輯：程寶林。

　　這是我在美國生活了許多年之後，第一次接觸到華文文學雜誌。捧著這本墨綠色封面的雜誌，我覺得非常的驚訝，非常的新奇，也非常的溫馨。海外的漂泊生活，讓很多的華人有一種無根的苦澀，這份華文雜誌，讓我忽然感到自己找到了一絲思鄉的安慰。也許，這就是為什麼黃運基先生在美國創立了這份華文雜誌，一定有很多的華人和我有同樣的感受。

　　1932年10月5日，黃運基先生出生於中國廣東省珠海斗門地區的大壕涌鄉，童年的黃運基先生是在貧窮中度過。在他5歲的時候，母親病逝了，父親一直四處打工謀生，他和妹妹就被伯父收養了。黃運基先生幼小的心靈過早地體驗了人生的生離死別，寄人籬下的生活艱辛。

　　當時的廣東鄉下，十里八鄉都只有一間學堂，有錢的人家把孩子送到學堂裡讀書識字，窮人家的孩子是付不起學費的。但是黃運基先生從小就有非常強的求知慾，平時幫家裡做農田活，幫外出謀生的父親照顧年幼的妹妹，看到鄉鄰誰家裡有書，他都會想辦法借來讀，不懂的就問，到了十歲才入學堂念了四年書。

　　1948年的廣東，時局不穩定，有錢的人家紛紛移居海外，沒有錢的人也隨著移民潮湧到外國做苦力。15歲的黃運基先生，懷裡揣著巴金的著作，隨著這股移民潮和父親一起來到了美國，踏上了很多中國人嚮往的這片自由平等的土地。一到美國的海關，黃運基先生就被美國移民局關押了整整一個多月，在關押期間，他親身經歷了美國政府對華人的歧視態度，這在他心裡烙下了深深的跡印，使他深刻地意識到，一個國家的貧窮，讓她的國民走出去都抬不起頭來，祖國一定要強大，要進步啊。

　　舊金山，是一個華人聚集密度很高的城市，百年前美國的淘金熱，就使中國沿海的地區有大量的華人被運到舊金山地區做苦力。

　　不懂英語的黃運基先生和他的父親，就選擇了定居在此。在老鄉們的介紹下，黃運基先生開始到處打工，什麼工作都願意做，只要能夠維持生活，不管是臟活還是累活。黃運基先生做過清潔工，做過中國餐館的服務生，做過貨場的倉庫工人，舊金山菊花園的花匠，曾經還加入美國軍隊，後來找到一個報社打字和排版的工作，從此開始了黃運基先生的文化人生涯。

　　他如饑似渴地閱讀文字，學習進步，同時也關心著海外華人的生活，美國政府對華人的政治態度，華人社區的動態。黃運基先生對美國政府歧視華人的政策非常不滿，時常也寫一點文章發表在報

紙上，替美國的華人高呼著平等權益，積極投入華人社區的公益活動。黃運基先生的為人正直，待人善良，熱心社區活動，關心華人的權益，受到了美國華人的尊敬和愛戴，他在華人的圈子裡名聲越來越大，而他寫的文章也越來越受到讀者的喜愛。很多報社願意聘請黃運基先生到報社當總編，美國的主流社會也開始對他關注。黃運基先生在報社工作期間，還參加了當時舊金山的民青組織，義無反顧地支持著自己的祖國，支持著美國華人的平等待遇，支持中國對領土台灣的統一大業。民青組織受到了美國政府的長期監控，以及其他台獨勢力的反對組織的威脅，黃運基先生毫不畏懼，一直堅持自己的理念，不放棄任何抗爭的機會。

今天在美國生活的華人地位已經提高了許多，華人從政的人數也越來越多，這些都是因為早年有一批像黃運基先生這樣激進愛國的先鋒勇士，積極不懈地努力爭取。

黃運基先生一生波折，五十年代在美國軍隊中，他因為向美國政府提出中美應該建交的想法，而被勒令從軍隊裡「不榮譽退伍」。在六十年代的「坦白」運動中，他又因為表達自己對祖國的熱愛而被投進監獄、取消了國籍，為此，他與美國政府打了10年的官司。在美國加入了民青組織之後，民青組織的朋友們為他打開了一扇門思想的大門，使他接觸到更為廣闊的社會和政治視野，感受到了個體融入到一個更大集體的精神激勵。美國的現實生活讓他深刻地體會到，華人要表達自己的聲音，要平等的公民對待，要奮發努力爭取自己的合法權益。黃運基先生的心中萌發出許多的想法想要去抒發，而當記者、辦報則是有話要說的最好的途徑。

自二十世紀五十年代起，黃運基先生就開始積極為紐約《美

洲華僑日報》撰稿，六十年代中期，他先後擔任過美國舊金山
《東西報》及《世界日報》報社的編輯。1969-1971年，黃運基
先生擔任舊金山《華聲報》總編輯兼總經理。1972年他成功地進
入美國的高等學府工作，擔任舊金山加州州立大學的講師。1972
年，黃運基先生用自己的積蓄創辦了《時代報》，他擔任社長兼
總編輯，這份報紙其實不是很賺錢的，最後因為其他中文報紙的
陸續出現，而變得越來越賠錢。1975年至2002年3月，黃運基先
生尋找到一份收入不錯的工作，他在舊金山市政府擔任了一個官
方翻譯的職務，專責翻譯每年的選舉資料《選民手冊》。有了一
些收入的黃運基先生，開始有想著自己創辦報紙，不顧朋友們的
勸說，把自己的積蓄再次拿出來，1995年2月創辦《美華文化人
報》，後來改為文學雙月刊，1998年6月再改名為《美華文學》雜
誌，由於資金不足，將雙月刊變成季刊，黃運基先生歷任社長。

　　黃太太一直是黃運基先生的忠實支持者，自己跟著黃先生吃
苦捱窮，還親自到報社、雜誌社幫黃先生打字排版。

　　黃運基先生為人的口碑特別好，所有和他相處的人都對他尊
敬和欽佩不已。他不但有理想有抱負，還時時處處關心和幫助別
人。很多的新移民初到美國，沒有錢，沒有住所，沒有工作，只
要是黃運基先生知道了，就主動提供金錢方面的援助，有時候甚
至邀請那些無家的新移民到自己家裡來住，一住就是幾個月，不
僅不收取他們的住宿費用，還免費提供他們食物，四處託人幫這
些新移民找工作。

　　最為人敬佩的還有黃運基先生的夫人梁堅女士，人們都說，
如果黃太太對黃先生的慷慨提出反對的意見，或者堅決的抵制，

也是很合情合理的事情，但是黃太太和黃先生一樣，待人友善，寬容，熱心。正因為黃先生和黃太太是這樣的一對好人，找他們幫忙的人就越來越多，一輩子的努力奮鬥，黃運基先生和他的夫人，生活卻越過越清平，越過越簡單。

那是一個沒有電腦和微軟的年代，所有的稿子，不是用手寫的，就是用簡單的打字機敲出來的。來稿必復，黃運基先生每天晚上都在自己家地下室的書房裡，讀稿子讀到半夜，一字一句地修改作者的來稿。

黃運基先生對自己的工作，從來都不允許馬馬虎虎，他經常對員工說，只要是做，就要認認真真地去做，如果不能夠做的好，寧願不要做。他的這種敬業的精神，一直讓他身邊的人感動，並且也向他學習，對工作一絲不苟。

《美華文學》雜誌，從黃運基先生在1995年創刊，到他在2011年把接力棒交給美國硅谷女性聯合會主辦，十一共出版發行了80期，內容豐富，作品質量高，很受美國華人的喜愛。

我想要把所有這80期雜誌都彙集到手，做個整理和保管，特意打電話給美國著名的散文家劉荒田先生，向他詢問這方面的資料，劉荒田先生毫不猶豫地答應幫助我做這件時期。我們約了周末之前的星期五在黃運基先生的家裡見面，也順便去看望一下現在獨居的黃運基先生的夫人梁堅太太。

舊金山日落區的第27街大道，環境僻靜，因為離太平洋海邊只有幾條街，每天都有清涼的海風習習的吹來。我停車下來，輕輕按了黃運基先生家的門鈴，不到一分鐘，梁堅太太下著樓梯前來為我開門。

　　黃運基先生家裡的擺設，還是和黃運基先生在世的時候一模一樣，沒有察覺到什麼改變，彷彿黃運基先生依然還住在這套房子裡面。睹物思人，我不禁鼻子一酸，淚水盈滿了眼眶。黃運基先生走了，他獨自走了，他把他的《美華文學》雜誌留了下來，80期雜誌啊，每一期都凝聚了他的心血，每一期都是他親歷親為地操辦出來的。我在心裡默默地問著黃運基先生：黃先生，請您告訴我，我們是否應該把《美華文學》雜誌繼續辦下去？這麼多年來，您把自己的積蓄都奉獻出來辦這個雜誌，很多人都說，世界少有您這樣的「傻」了。

　　梁堅太太和劉荒田先生已經在家等候我多時了，我們一起下著樓梯到地下室，黃運基先生的書房就在那裡，他的那張寫字桌依然靜靜地守候在那裡，彷彿不知道它的主人已經永久的離開了。黃運基先生生前最後時刻工作的文案還留在桌子上，我一眼就看到了那份最後未完成的書稿《情鎖金門》，心潮再次起伏難平。黃運基先生走了，除了他放不下的《美華文學》雜誌，他還有一椿未了卻的心思啊！站在我身邊的梁堅太太告訴我，曾經問過黃運基先生，要不要找人幫他完成書稿，黃運基先生說，那書稿都在他的腦海裡面，誰又能夠代替他來完成這份書稿呢？

　　是啊，我們怎麼能夠知道下面的故事該怎麼延續下去，也許我能夠繼續寫下去，但是我寫出來的故事，一定不是黃運基先生腦海裡的那個故事。我對梁堅太太和劉荒田先生說，要麼我們就把這篇未完成的書稿登出來吧，我們永遠無法知道黃運基先生腦海裡的那個故事，就讓我們的讀者去編織後面的故事，每一個讀者，可能都有一個與他人不一樣的故事。

　　那份最後未完成的書稿《情鎖金門》，有58頁了。

　　這個故事講的是舊金山金門大橋上，有一個妙齡的亞裔女子跳橋自殺，被美國海岸巡邏隊的艦艇及時發現，並且救起來送往了醫院。這個妙齡女子是誰？她為什麼要跳橋自殺？人的生命只有一次，是那麼的寶貴，為什麼我們不珍惜，而要這樣輕易地放棄？有什麼比生命還重要的嗎？

　　梁堅太太和劉荒田先生，帶著我來到黃運基先生的書櫃前。梁堅太太說：我為黃先生保留著他出版的每一期雜誌，都在這個書櫃裡面，你如果需要的話，可以拿去，我相信黃先生在天之靈如果知道有你這樣關心《美華文學》雜誌的人，他也一定很開心啊。

美華文學十八載

國家圖書館出版品預行編目

人生旅途處處情 / 悠彩著. -- 臺北市：獵海人，
　2024.03
　　面；　公分
　　ISBN 978-626-98128-9-9(平裝)

855   113003341

人生旅途處處情

作　　者／悠彩
出版策劃／獵海人
製作銷售／秀威資訊科技股份有限公司
　　　　　114 台北市內湖區瑞光路76巷69號2樓
　　　　　電話：+886-2-2796-3638
　　　　　傳真：+886-2-2796-1377
網路訂購／秀威書店：https://store.showwe.tw
　　　　　博客來網路書店：https://www.books.com.tw
　　　　　三民網路書店：https://www.m.sanmin.com.tw
　　　　　讀冊生活：https://www.taaze.tw

出版日期／2024年3月
定　　價／380元